U0686185

王蒙◎著

奇葩奇葩
处处哀

四川文艺出版社

图书在版编目（CIP）数据

奇葩奇葩处处哀 / 王蒙著. — 2版. — 成都：四
川文艺出版社, 2019.3
ISBN 978-7-5411-5271-9

Ⅰ.①奇… Ⅱ.①王… Ⅲ.①中篇小说—小说集—中
国—当代 ②短篇小说—小说集—中国—当代 Ⅳ.①I247.7

中国版本图书馆CIP数据核字（2019）第026719号

QIPA QIPA CHUCHUAI

奇葩奇葩处处哀

王　蒙　著

特约策划　景　琳
照片拍摄　宋刚明
责任编辑　张庆宁
封面设计　小　西
内文设计　史小燕
责任校对　汪　平

出版发行　四川文艺出版社（成都市槐树街2号）
网　　址　www.scwys.com
电　　话　028-86259285（发行部）　028-86259303（编辑部）
传　　真　028-86259306

邮购地址　成都市槐树街2号四川文艺出版社邮购部　610031
印　　刷　三河市华东印刷有限公司
成品尺寸　140mm×203mm　　　开　本　32开
印　　张　5.75　　　　　　　　字　数　100千
版　　次　2019年3月第二版　　印　次　2019年3月第一次印刷
书　　号　ISBN 978-7-5411-5271-9
定　　价　45.00元

版权所有·侵权必究。如有质量问题，请与出版社联系更换。028-86259301

奇葩奇葩处处哀

目录

奇葩奇葩处处哀

qipa qipa chuchuai

一

　　生日与金婚的喜庆，结束时候沈卓然感到了微微的茫然：天下没有不散的筵席，也没有因为待会儿散就不快乐地自找别扭的喜庆。为之喜庆的是积累，是成绩，是路程漫漫，是越来越老喽，呜呼乐哉！其实呢，也是过往，告别，不复返，然而还顶得住。当初，从来没有想到过，也没有敢想象过，自己能与淑珍共庆五十年婚礼，那时候从来没有想到过，也没有敢想象，自己能健康地活到哪怕只是六十三岁更不要说七十四岁了。斯大林威震寰宇，才活了七十几？他难忘瘦弱多病的少年时代。如今，却已经度过那么多年头，清清楚楚，足斤足两，全部进入有去无回的历史。回忆仍然温暖缤纷哭哭笑笑，而永恒的极光，冷得灼人，亮得睁不开眼，略含几分酸楚。

　　没有想到自己能够有今天的光景，像真行啊似的。岁月的长河其实没有亏待他。他有了光景，然后缓缓的失落与深深的记住相互平衡，毕竟还是幸运。说来脸红，出现了一个恶心的说法：成功人士。孙中山活了五十九岁，李白六十一岁，安徽省马鞍山采石矶水中捞月仙去。苏东坡与马克思都是享年六十四岁多一点。王勃与李长吉则是仅仅二十多岁就拜别人世。恺撒大帝五十八，拿破仑五十一，秦始皇千古一帝四十九岁驾崩。英国军情N处的尼尔·伍德则是四十一岁驾鹤西去。与他们相比，他姓沈的算个啥，何德何能，至今还活得这样欢蹦乱跳？

他至少已经经历了不止一次狂欢与兴奋。歌曲如醉如痴，鼓掌腾云驾雾，口号动地惊天，彩旗霞光万道，集会沸腾燃烧，铁树开了花，哑巴说了话，奴隶挺起胸，恶霸伏了法，天翻身，地打滚，你还想干什么？

最近的一次兴奋是二十世纪八十年代，处处机会，在在成事，梦梦皆圆。卖瓜子创业，爆米花大亨，闯红灯成了经验，花钱送礼开绿灯。解放再解放，转变观念一拨拉就中，笑语恭喜发财，呼唤突破松绑，是欲望的满地，是转变的大言，是起飞的嘈杂，是机遇的俯拾，是中心与基本点的布局，是新局面出现，普天同庆、大快人心、喜上眉梢、奔走相告，又一个美好天真十载。

一辈子的重大经验就是别高兴过了头，乐极生悲，福兮祸之所伏。果然在劫难逃，又有人陷入了困惑与迷失，几乎重新拾起已经戒了二十一年的吸烟习惯，想买个意大利石楠木，或者厄瓜多尔轻木，或者百年铁树牌海柳烟嘴。

就像从前那样，不仅有香烟而且有烟斗，不仅有烟头而且有翠玉嘴烟袋，不但有马（莫）合烟而且有国粹内画鼻烟壶。

他对淑珍说："你的好运使我这一生转危为安、转弱为强、否极泰来、笑到最后、笑得挺好。你的稳重救助了我的机敏高速。我们已经年逾古稀，我们有精神也有物质，有热情也有身体，有二代也有第三代，有级别职称也有真本事，更有人缘……"他底下还说了一些儿童不宜的话，淑珍笑骂说："别缺德喽！"

他不愿意再往下想，不愿意再想后来的事。但是他坚信好有好报，坏有坏报，因果报应，绝对不爽。你可能不自觉，你可能至死糊涂蛋，解不开事儿，你没有怨天尤人的理由。物极必反，月盈则亏……在那个快乐的金婚加寿辰晚上你口出狂言，你得意扬扬，几乎是小人得志。你也有当上了暴发户的心态，甚至做出了九十大寿时候乘邮轮游历巴塞罗那、威尼斯与塞浦路斯的预告，你这就是得意忘形，是自取灭亡啊，难道不是？

是淑珍支持了你，陪伴了你，坚持了你，兴旺了你，发达了你。从一九五七到一九七八，二十多年，所有的磨难都因淑珍的存在而不再是磨难，那只是携手共艰危的稀罕经历，是小儿解闷的游戏，是打入冷宫自己过家家，是人生相濡以沫的甘美，是相依为命的温暖，是却道天凉好个秋、人不堪其忧、俺也不改其乐的坚强与爽利。苦乐在我，淑珍在我，夫复何求？

　　再也没有想到，金婚庆贺两年以后是淑珍的葬礼。不堪回首的生老病死，医院里的长队，手术室外的煎熬，病房的一夜一夜……这只可能是沈卓然的罪孽铸成。他近几年太猖狂。年轻时候他想当作家，当头一棒之后他明白了自己只是文学与艺术远未入室的庸才。中年以后突然来了机会，他被选拔到一个领导机关，他的文字能力与二十余年来的谦虚谨慎习惯使他深受好评与器重。芝麻开花节节高，转眼他就成了司局级学长。好景不长，他又遇到新沟坎，他开始沉默寡言，不求有功。却得到了此生从未有过的舞台，现在时兴叫平台的，他成了人五人六儿，他得了不是头彩也是二或者三名，虽然不是瞎猫碰上了死耗子，却也是绝对戏剧性的幸运出奇，他的柳暗花明足以让嫉妒他的老兄气恼下去。

二

在满坡松柏的山岭下，在刚刚启用的墓葬新区，他站在青石镌刻的墓碑前泪流满面。究竟是什么样的罪过罪孽罪恶，让他在这样一个老来志得意满的时刻失去了淑珍呢？

沈卓然想到的第一件事是"大跃进"时期山区下放劳动时候毁掉了一支体温计。

和童年时期半饥半饱的日子里一样，在农村他长针眼，他长疖子，他发烧，他拉肚子，还长口疮。得了病他去村口唯一的一位残疾人业余中医那里。他去了，大夫让他试体温。当着他的面，体温计从一个婴儿的肛门中拔出来，业余中医用自己的上衣下摆擦了一下体温计，递给了卓然而且要求他衔在口中，并且解释说，门窗漏风，室温太低，腋下试体温怕靠不住。卓然对这种说法不怎么信服，但又不宜于与农家医生做某种论辩探讨，听农民、学农民才是思想改造。才一犹豫，窗外有人叫唤，医生推门而出，冷风扑面而来，嘭的一声，医生关紧了房门。卓然看到土炕灶眼边放着一把轻声呻吟着的生铁水壶，便拿着温度计凑过去，用一点热水想冲洗一下温度计，就在一点点热水触及温度计的水银管的那一刹那，他听到了一声极轻微的啪啦，他的手一抖，毁了，他看到了温度计玻璃管的小小裂口。

这时医生回来了，看到了拿着温度计发呆的沈卓然，他什么也没有问，从沈卓然手里接过温度计，瞟了一眼，说了一句："呵，坏了。"拉了一回室内仅有的三屉桌抽屉，找出了另一个黑乎乎的温度计，照直对着沈卓然的嘴巴送过去了。

沈卓然相信，哪怕医生对着原来的温度计的破口疑惑地看一眼，更不要说如果他提出任何疑问了，他一定会坦白自己的"罪行"做出赔偿而毫无隐瞒。问题是医生视为理所当然地在两秒钟内处理完了这一切，而且沈卓然乖乖地叼住了卫生状况更加可疑的另一支温度计，他无法张开自己的嘴……错误就这样铸成了。对一个山村农民、复员荣誉军人、另一个哑女子的丈夫、方圆几十公里唯一的医疗救助人士，他竟然做出了这样的事。他流下了羞愧的眼泪。

人最好不要有什么错，有了错赶快改，不然你可能错过时机。如果你十年二十年后再谈这个温度计的问题，第一，你可能已经无缘与他们相见。第二，你去谈了，像是你有神经病。第三，如果你对学长对组织对公众谈这件事，他们不会受理，说不定他们会觉得怪怪的。如果是新世纪当中，你会被认为是在干扰发展、改革、反腐、法治、金砖或者G10的"大方向"。

……他想到更久的以前，还是"国府"时期，他刚刚上初中，一位要求严格，而且喜欢标榜自己的大不列颠牛津音的高个子英文女教员遭到了班上几个上课打瞌睡、考试打小抄的同学的不满。这位老师是旗人，应该是个格格，修长身材，浓眉大眼，一脸自尊睥睨，使沈卓然倾倒。她名叫那蔚阆，为了她的姓名她与班上几个同学较起了劲。同学们称"蔚"为"卫"，她非得要人家读为"郁"，并给大家讲蔚的wei与yu两个读音的通用与区别，讲得有几个学生出声地打哈欠。为了"那蔚阆"的"阆"读什么，她也费了大劲，动了肝火。有几个男生痛恨这位风度不凡的女教师。几个学生策划制造机关暗器，要出出此位过分出色、从而惹起了本能的普遍反感仇恨的女教师的洋相。木秀于林，风必摧之。几个不守纪律、不爱学习、不讲卫生、穷困破烂的捣蛋鬼，不知不觉中对此位教师恨得刻骨。而且他们相信，面对这样一位风度高雅的女老师，全班至少是男生必定会苦大仇深，尽欲除之而后快。他们谁也不避讳，公然大吵大叫地切磋、设计、进行祸害老师的阴谋——更正确地说应该是阳谋活动。

问题在于，只上了两个多月的课，沈卓然已经获得了女教师的偏爱。他学得快，发音也好，他非常注意老师以之骄傲的牛津式发音、唇齿舌的位置与声带的音区，还有腔调与味道。老师多次在课堂上叫他起立诵读，给全班同学做榜样。学外文对别的孩子是灾难，是负担，对他们来说把"水"读成"窝特儿"是违背天理，把"老师"读作"提彻尔"是装丫挺的洋蒜，而卓然觉得学外语是别有天地，其乐无穷。而且孩子们从那蔚阗显摆牛津音的言论里本能地感到了她的崇洋媚外，是崇拜在中国贩卖鸦片，带头发动侵略压迫宰割残害古老中华的打着米字旗的老牌英帝国主义。

　　在一个贫困、饥饿、混乱、褴褛、獐头鼠目、孱弱佝偻、萎靡龌龊、斜视斗鸡眼、罗圈腿瘌痢头的时代，出来一个亭亭玉立、高高大大、自信自足、眉目端庄、一举手一投足都充满优雅和美丽的英语女教师，这简直是与时代为敌，与众生为仇，为社会所难容。她这是为了提醒他人的卑贱与不幸，为了污辱与压迫众生才出现在这个时间这个空间的一位异类。

　　偏偏这位异类喜欢与其他同学同样孱弱、但具有一种学习与上进精神的小小沈卓然，那老师的一再表扬使身体单薄、智商有余、胸怀大志的沈卓然也难以在班上立足了。当一堂新课全班同学没有几个人跟得上进度，当绝望的老师不得不再次叫起沈卓然做示范朗诵的时候，班上出现了嘘声与其他怪响，还有大荤大素的谩骂。人同此心，心同此理，全班男同学清晰地喊叫道："操性劲儿你，自大多一点儿：臭！"

事隔多年，他已经想不起来几个坏家伙是怎样设计祸害那蔚阒老师的了，他们用了一个破搪瓷缸子，里头装上了红颜色水，他们似乎还找了一把破扫帚，还有一个字纸篓，还有一个橡皮筋，还有一个脏得不能再脏的板擦，用他们的说法是"我们有机关"……一天那老师来上课时候，一推教室的门，板擦落到老师肩上，升起一股尘烟，呛得前排同学咳嗽，污水洒在老师背部，缸子落到地上叮叮当当，一把扫帚绊了老师一下，橡皮筋噔地一弹，还好，没有触及老师的身体。

而且发出了笑声，诡计的胜利打破了枯燥常规，调剂了表格化的千篇一律的课程生活，引起了惊喜，怒放了恶之花，坏之鬼，跳起了闹之舞。你无法不为之喝彩，你无法不为之一粲，哪怕紧接着是摇头与顿足。沈卓然也笑了十分之一秒，而且最要命的是，这十分之一秒，他的目光正好与那老师的痛苦不解狼狈的眼神相遇。

这都没有什么，最最离奇的是，最最感动卓然、激起卓然、麻木卓然的是在兹后的规模空前调查处理当中，几个坏小子一致指证：说是他沈卓然设计了制作了置办了行使了暗害教师的机关暗器的全部操控。这样离奇的说法让沈卓然骤然失去了辩解能力与愿望，他只有目瞪口呆，他干脆是失声，他的嘴唇乱动却连个"不不不"都说不出来。直到次日上午，好久以后他才恢复了说话发声的能力。其他的同学们也装傻充愣，哆哆嗦嗦，哼哼唧唧，吭吭哧哧，噫噫呀呀。他上了人生一课：有些时候，精彩源于荒谬，气势来自无耻，流畅基于谎言，荒谬绝伦远比实话实说强大有力。年满花甲以后他叹服的是，六十年了才明白：果然好人不知道坏人甚至是不太坏的人有多坏，而坏人也无法想象好人甚至是不太好的人有多好。

一九四九年以前，学校里没有书记，但是有校长、教务主任、训育主任与事务主任。校长带上三位主任与那老师来到他们的班上处理机关暗器事件，那老师面带沮丧，愤怒的情绪盖不过失望与惭愧，校长与三位主任气势汹汹，表示不查出是谁做的暗器机关，绝不罢休。

坏小子们指认祸害老师的原来是他，是老师的宠儿沈卓然，其他同学谁也不说话，是默认还是抗议，是劫持还是自愿，是无能还是无耻，沈卓然无法判断。他能判断的是自己没有辩诬的起码自卫能力，在颠倒是非的诬告面前，他只能是伏法或者干脆是伏非法。

明白了还是不明白？说不定他的外语成绩正是他受到全班同学厌恶的原因。用洋泾浜的发音读英语的学生，怎么容得下对于所谓牛津音的揣摩与模仿？揣摩与模仿牛津音的人不是汉奸、英奸，也一定是装大头蒜，是臭显摆，是不仁不义，是散德行，是决心与爱国爱家爱本省的孩子们为敌，是自绝于学校班级与同龄同窗，是人皆得而诛之、蔑之、灭之、收拾之的臭狗屎。

事后多年他想到，这还应该归咎于旧中国的男女生分校分班制度。那时候上小学，一、二、三、四年级男女混编，一上五年级叫作高小的，男生女生分家。中学就更不要说了，男生女生，性别隔离，要到上大学以后才有可能与异性同班上课。见到那蔚闉这样的自命不凡的女性，自卑自怜发育不良青春躁动已经开始遗精与自慰的十三四岁的男孩子怎么能不咬牙切齿，见到得宠的沈卓然怎么能不灭此朝食，怎么能吞下那一口鸟气！

沈卓然挨了校长一个耳光，明明白白，他此生有被诬陷的命！他怯懦，所以被诬陷，他习惯性遭诬陷，所以更

13

怯懦。他的左耳朵一直听力不佳，直到六十岁右耳也开始听力减退，才渐渐平复了由于两耳听力不平衡引起的不平衡感与屈辱感。

在他接受体罚的时候他听到了那老师喊了一句话，那老师应该是说"不可能是沈卓然……"，她说着话流下了眼泪。

但是挨耳光的他只觉得两耳"嗡"的一声鸣响，一片片从内而起的嘈杂与混乱，还有他的痛不欲生的对于自己的怯懦的痛恨痛惜痛悔，已经埋葬了他，他完全无法听明白那蔚闻是在说什么。如果她是说"该打！这个没有良心的孩子"呢？

也许这件事与弄坏乡村医生的温度计的事性质不同。那件事是他对于他人的损害，他没有挺身而出，不，谈不到挺身而出，他没有起码的诚实与责任感。他是一个逃兵，他缺德！

而这件事他是被损害者，长大以后，在国家大搞改革开放以后，他渐渐从境外的价值观念当中参照到，至少是在欧美，被损害而没有勇气抗争的人会让人轻蔑到不齿的程度。

三

正好是在被冤屈被责打的那个晚上，沈卓然做了此生的第一次春梦。

被压抑的怯懦，转化为荒诞的性幻想，不知这一层弗洛伊德是不是发现了。

他似乎是在委屈地哭泣，他哭出了声音，感到他的眼皮上满是泪渍。他觉得一阵温暖，一阵柔软，他忽然明白他是伏身在那蔚阗老师的胸口上痛哭，老师紧紧地搂抱着他，拍抚着他的颈背，轻揉着他的腰眼，又摩挲着他的屁股，他像一只猴子攀缘树木一样地在女神一样的老师身体上爬上爬下。他又像一条光溜溜的水蛇一样地在女神的水域与水草当中穿来穿去。他也像一只自惭形秽的受了伤的小熊猫仔，在大猫的拥莥下减轻着疼痛与伤势，小心翼翼地伸开了腰腿。他在老师的怀抱里疗养、成长、沉醉、扩大、丰满、充实、热烈、渴望、雄起、爆炸，山洪决坝，泉水叮咚，天摇地颤，温热而又卑贱。

然而在快要醒来的时候他突然觉察，不是女神，不是象鼻神也不是神鱼，而且不是老师，更不是明晰的那蔚阗

15

这个高大的女人，春梦中与他这个臭小子厮缠在一起的是巷口猪肉店的胖大的女店员，捏着割肉利刀，他鼻子里充溢着猪油的气息。他似乎想吐。

这是人生？这是成人礼？是神仙的醇酒也是傻小子的呕吐，是青春的销魂也是半大小子的流里流气，是飘飘然也是屁滚尿流，是美妇人也是挥动屠刀的"月半了一"（胖子），是不无大志的青年先锋也是猥猥琐琐的鼠辈尿包。那时候他和一帮臭小子同学，认为不应该用"胖子"之类的词儿形容异性，他们以白痴式的聪明用拆字法编造了"月半了一"密代码，流露了他们对于胖大女子的垂涎。

一首诗？一个梦？一次遗失？一个罪恶？一种龌龊？他为什么，竟是这样！

一些年过去了，中国是天翻地覆，历史从头开始。沈卓然听说那老师到了朝鲜前线，她参加了对于美军战俘营中中国人民志愿军与朝鲜人民军被俘人员的解释工作。在停战谈判的最后一个分歧上，双方协议，由印度部队接管号称联合国军的战俘营，由中朝方面派出人员前往说明解释，并在中朝美韩印几方面观察下由被俘人员自己挑选他们是愿意回到原属的中朝方面还是准备留到美韩方面另做道理。

……已经记不清是战后的哪一年哪个场合了，已经成为中学教师的多年以后，沈卓然见到了那老师，她更加风度翩翩，她穿着当时比凤毛麟角还凤毛麟角的欧洲出品外衣。他听到了老师讲述她在朝鲜的惊心动魄的经历，更多的是介绍在莫斯科硬碰硬反对苏修的得意之笔。尤其令人兴奋的是，沈卓然还见到了老师的体面的夫君，他与她在朝鲜相识，他们俩在战火纷飞中建立了终成连理的爱情婚姻，他们现在都是外事官员。他也报告老师，他小沈已经结婚，他的妻子是纯洁如玉、善良如羔羊的淑珍。在这次见面的时候，沈卓然说到了旧事，说到了他的被冤枉。那老师不等他起头便断然说，我当时就判定，是他们冤枉你，我由于校长的野蛮愤而辞职。沈卓然为之泪下，那老师却是哈哈大笑。这笑声似乎刺伤了一点点沈先生。

……他与淑珍谈起了他与那老师在这个场合的见面，他甚至谈到了他的冤案，然而他没有谈他挨了一个耳光，更没有谈他少年时期的见不得人的春梦，他将这一段回忆引导向忆苦思甜的正确方向，指出所谓"中华民国"的体罚恶制与品德教育完全失败。

这也是他对不起淑珍的一件事，他不诚实也不坦白，他这也是怯懦。他越来越明白了，为什么中国的圣贤对于勇敢的定义，首先不是敢于冒险、敢于斗争、敢于胜利、战胜对手，而是知耻，是指勇于战胜自己。

更怯懦的事在后面。一九六六年政治运动中那蔚阗的外交官夫君出了大事，被揭露出里通外国的罪行，他似乎已经成为革命的最危险的死敌。发牛津音的那蔚阗当然面貌可疑。她遭到激进少年的毒打，远比板擦与污水的洗礼升级得多。一天晚上受了伤的她不知怎么找到了住在远郊的沈卓然家，她要求在沈家躲一个晚上，她说否则那样斗下去她会丢命。

他可以找出一百个理由不接受那老师的暂避一时的要求，他与淑珍的房子总共只有十七平方米。他与淑珍的孩子已经八岁，已经上学。街道"小脚侦缉队"近在咫尺。革命的群众专政天网恢恢，目光如炬，覆盖如天幕。我们应该坚持两个相信，这是两条根本的原理，不应该躲避。坦白从宽，抗拒从严，抗拒革命就是反革命，当然。两条道路由你挑。我们要经风雨见世面。为人不做亏心事，不怕半夜鬼叫门。大风大浪并不可怕，人类社会就是在大风大浪中发展起来的。我们自己也并不平安。我们不知道明天会发生什么事情，我们确实帮不了你。如此这般，这个那个。他泥塑木雕，用一副死鱼眼睛看着那蔚阗，他这是此生的第二次失声，失魂。干脆只能说是神经官能性聋哑病发作。

……在那个时候到一个朋友家避风，这本身也是脑梗、智力短路！这正是企图引领一峰骆驼穿过针眼，这也是抓住一棵稻草支撑自己正在下沉的身体，结果当然是让稻草与自身同沉十公里深的海底。这是显然的强人所难，鸵鸟藏头闭目，实则是害人害己，骗人骗己。这是臆想狂，这是十足的颠倒与错乱。

沈卓然的泥塑木雕只用了两分半钟，那蔚圜胡乱地说着口齿不清的"对不起了"。他奇怪的是，虽然那老师比他年长近二十年，他并不认为这位高大上的女子的到来可能获得淑珍的同情与理解。而事实上，尽管没有同情与理解，而且明明看到小沈所抱的冷酷僵硬的态度，淑珍真诚地挽留了那蔚圜，前后十分钟。只有在淑珍真诚挽留的时候那老师的脸上显出了一点点血色，她从淑珍身上毕竟获得了些许的人情与温暖。

四

沈卓然与那蔚圜的故事本应到此为止，时过境迁，他不再为自己的少年奇冤与被扇耳光面红耳赤。他不再为自己的少年春梦羞赧低头。他不再为，他也并没有理由为自己没有能在困难的时刻帮助那老师而责备自己。

然而在淑珍的葬礼上出现了署名那蔚阆与李济邦的鲜花花篮。是阿里巴巴快递服务送来的。这几十年，谁谁发生什么事都是正常的，但是女老师姓名的出现使沈卓然立即感觉到五味俱全，是他的少年时期的懦夫罪过贻害到淑珍。他的一生首先不是成功的一生，而是惭愧的一生，忏悔的一生，所以他没有资格与淑珍继续牵手行走下去。他害了淑珍啊。

与此同时，他也纳闷于李济邦的姓名是不是那蔚阆的原装丈夫，他忘记了，他记得那老师当年提到自己的先生的时候发了一个上声字的音，他可能姓李，是的，但也可能是姓古，姓郝，姓钮，姓管，姓仇，主要是第三声。他常常记住他人的姓氏的一二三四声部，甚至记住一首诗句的音调，可能是咪、迷、米、密，但是记不住诗句，记不住人家的确切姓名。

姓氏为第四声的老师与她的第三声的夫君，甚至于没有留下自己的联络方式。他上百度与谷歌敲查二位的姓名，无内容显示。

我对不起淑珍，他在墓碑前流出了眼泪。

更加对不起的是他对淑珍一生的干扰。淑珍是新中国成立初期的归侨生，她原在印度尼西亚，由于新中国的号召力，她不顾父母的阻拦毅然在十六岁回到祖国。她的黧黑的皮肤，圆而大的黑眼睛，长睫毛，尤其是厚嘴唇，大嘴，带来了赤道的阳光、东南亚的风情与海外赤子的情怀，她也使北方的臭小子们为之神魂颠倒。她的好学、谦恭、礼貌、诚实、专注使她成为"三好学生"的标兵。一到十八岁，她就成了本校党组织的重点培养对象，而且她已经是新一届学生会主席的热门人选。

就在这个时候灾星出现了，灾星就是沈卓然，灾难就是沈卓然发出了给淑珍的信。

卓然曾经醉心于文学，成果是无。他唯一自信的是他给淑珍的信，他相信如果他把这些信保存下来，也许能够使他得到出版与招摇撞骗的机会。

至少，他的信是无法抗拒的，他的信是美丽的真诚，是人生的花色，是青春的强劲，是奇花异卉珍禽宝贝火种灵药，他的信会让任何一个女孩子甘愿献出自己。

一个崭新的时代的开始会是这样的，你相信我，我相信你，你相信所有的美好与光明，而以美好与光明的代表身份说话与做事的人相信你正在走向美好与光明。那时候每个人都认为你想干什么就可以干什么并且能够干得成什么。他们相信科学的发展会使去世的亲人重新复活。他们相信政治的发展会消除一切的差异与不平，全世界的男女老幼黑白棕黄红同吃一锅全家福，同饮一缸蒸馏水，同跳一曲欢乐舞，同写一部同读一部比荷马比屈原比莎士比亚比李白普希金雪莱拜伦所写都伟大百倍的伟大史诗的日子正在到来。那么，给一个刚满十八岁的高中女生写求爱的信，又能有什么可质疑的呢？

那是一个没有麻烦只有畅想的时代，那是一个没有怀疑只有相信的时代，那是一个没有背叛只有忠诚的时代，那是一个在自己这里只有爱情、在敌人那边只有仇恨的时代。

然而在那样一个美好的时代，一封封像花束一样芬芳，像夜莺的歌曲一样动听，像天空一样爽朗，像清泉一样纯净，像星光一样闪烁，像海潮一样汹涌的情书，给淑珍带来太多的扰乱了。

从此她的功课尤其是考试成绩每况愈下，她的睡眠状况日益恶化，她对于政治上进、党课学习、社会活动参与、学生会工作的积极性渐渐消退。

而在婚后，如果没有他，淑珍本来有更多的选择，更好的前途，更充实的人生。

然而淑珍不这样看，她说，在与他相好之后，她追求的是正常，是普通，是平平淡淡平平常常的日子，是生活，是一辈子的厮守，是永远的手拉着手，是一起看电视和看电影。呵，那拉着手看《斯大林格勒大血战》与《库班的哥萨克》的日子；那坐在一张小台子上点了木须肉与干烧鱼的日子；那烧热了灶火，在生铁锅里用葱花炝锅，有辣椒下锅引起惊天动地的喷嚏的黄昏；那乘着无轨电车走过路灯照耀下的寂寞的报刊亭与红绿旋转强劲发光的商场的时光；那几经煎熬，仍然永不分离，那进了被窝，沈卓然小声喊着林彪提出的口号"团结紧张严肃活泼"，逗得淑珍笑出了眼泪的夜晚；那两人同时唱起《森吉德玛》与《小河淌水》，互相纠正互相配合，有时还唱起《苏丽珂》与卢前作词、黄自作曲的《本事》二重唱的欢愉……多么幸福，多么值得，多么甘美！

他们一天天、一点点年纪大了，更加喜欢唱什么"当时年纪小"了。"为了寻找爱的归宿，我走遍整个国土"，"记得当时年纪小，我爱唱歌你爱笑"，"梦里花落知多少"，还有只有他们俩懂的暗语：关于旗手，关于电扇，关于火镰火石，关于山坡与森林，关于糯米填充的鸡肠子，关于学毛著就会立竿见影，关于列宁创办的《火星报》与托洛茨基创办的《真理报》，还有样板戏里的

"谢谢妈"与《海港》中韩小强的咏叹调"我沾染了资产阶级的坏思想"。每当沈卓然说到"沾染了坏思想"的时候两个人就笑，坏思想一提乐翻天，贫贱夫妻百事欢，最最美好的时光他们是在最最狼狈的处境下创造与享用的。

有几次沈卓然轻描淡写地后悔当年对灾难中的那蔚圜老师的冷酷无情，称许当时陌生的淑珍对于他的老师的热情，他问："为什么你的表现要比我好一百倍？"

"是吗？"淑珍全无感觉，"那只是常理啊，一个友人，一个教师，教过你，你还说过你喜欢她，你应该为她做点什么呀，做不了什么也还是要做点什么呀……难道能够是别的样子吗？"

那时沈卓然自以为懂得了政治，懂得了形势，懂得了处境，懂得了策略与手段，懂得了最新"两报一刊"社论；而淑珍什么都不懂，淑珍只懂得待客，懂得善良与文明的起码常识。他那个时期常常给淑珍讲解"两报一刊"的精神，淑珍听不进去，淑珍的逻辑与它们格格不入。

上苍给你多少快乐，就会同样给你多少悲伤，上苍给你多少痛楚，就会同样给你多少甘甜。没有比这更公道的了。

而恰恰是二十世纪九十年代他有点"小康"、"中康"、"巨康"了，他成了讲解古典文学与唐诗宋词的电视名嘴，动辄三万五万地进账之时，淑珍患了不治之症，原来他俩只有相濡以沫的贫贱之福，却没有芝麻开花节节高的发达时运。

我造成的，我造成的，沈卓然痛不欲生，他检讨自己的小人得志，他忏悔自己的胆小怕事，他承认自己的卑微渺小，他确有不敢成仁取义的犬儒主义、机会主义、实用主义、活命主义，他当不了胡志明也当不了切·格瓦拉，他对不起毛泽东也对不起淑珍应该更熟悉的她的出生地印度尼西亚共产党总书记艾地，艾地同志是被苏哈托军人集团处决的，后来马来西亚游击队的领导人陈平同志也失败了。是他罪愆妻室，干扰了东南亚，使他终于老年丧妻，天塌地陷，一步没顶！

我的心太"软"，港星唱起来听着似乎是"心太懒"，我的心太懒。我已经丧失了平平常常的快乐的基础。沈卓然弯下腰，给墓碑行礼，小风拂来，他听到了一声低语："不必，不必，也许，或许……"他匍匐在地痛哭。

这是刚刚开发出来的一块墓园，背靠青山松柏，面对梯田式一层层一排排预留的墓穴，方圆百米，只有淑珍一个墓穴有了主人。这里有一种宽绰，有一种安详与平和，有一种业已完成的宁静与圆满，在这里你会听到微风传来的低语。

五

然而他睡不着觉，这也是报应。他至少说了五十二年的嘴：他具有惊人强大的睡眠能力，他一沾枕头就"着"，他可以利用五分钟打盹，他可以大会上，汽车上，起飞前起飞中起飞后持续打起呼噜，他一辈子没有吃过安定、舒乐安定、速可眠、眠尔通，他是愈睡愈精神，愈精神愈出活，愈出活愈能睡。他还忽悠说，养生的关键是睡眠，悠悠万事，唯睡为大。

尤其最最缺德的是他无意中折了一回当地一个大红人的面子。大红人，女，海归，企业家，慈善家，教育家，爱国党派的省级学长，省政协副主席。他得到荣幸去陪红人吃佳宁娜潮州菜馆，副主席滔滔不绝地讲述自己每天要做多少事，日理不够万机也有八千八百机，她说她一天只能睡四五个小时觉，可能说到这里她意识到了一直是自己女声独唱，便扫了一眼，看到沈卓然，觉察出他也是个频繁出镜者，便礼贤下士地说："沈先生这样的知名人士，您还能睡什么觉哇！您说说，您一天能睡多少觉？"

沈卓然蔫蔫地答道："九到十个小时……"

他看到，大红人的脸色立刻变了。

是他太不厚道了，他本来应该嘿嘿哼哼两下就过去了，不该诚心撅红里透紫的副主席呀。终于，他遭报应了。

在淑珍走了之后，他干脆在深夜大睁着眼睛，不睡，不醒，不哭，不笑，不思，不愁，不惊……什么都不，百不千不，他干脆感觉自己的并不存在，他已经感觉不到自己存在的必要，已经失去了存在的理由。回家晚了，他已经不需要给淑珍打电话。一个新的饭局，他已经没有淑珍可以商量去不去和如果去的话送什么礼物。遇到一个讨厌的人，他已经没有可能向淑珍说一句刻薄的话解恨出气。没有了淑珍的呼应、疑问、分担、惦念、抱怨和庆幸，他的活与不活究竟还有多少区别的必要？

沈卓然哪里去了？他似乎在问自己。沈卓然并没有随淑珍而去。沈卓然确是魂不守舍。色空空色，沈非沈，卓非卓，然不然。沈卓然不是沈卓然，没有淑珍陪伴，他怎么可能是姓沈的卓并然？也就没有必要怀疑自己不是沈卓然了。沈卓然变成了一片空白，家是空白，生活空白，口腹空白，阅读空白，言语空白，共享空白，睡眠空白，失眠其实也是空白，生命的痛苦还是空白。

睡不着他干脆集中精神想，比如说，我压根儿就没有出生，比如说淑珍就压根儿没有出生，比如说，这个入夜无眠的糟老头子，压根儿就不是我，这儿不可以是也没有理由是第一人称，而只是，最多是第二人称与第三人称。一切都会迎刃而解。"无我原非你，从他不解伊。肆行无碍凭来去，茫茫着甚悲愁喜？纷纷说甚亲疏密？"这是《红楼梦》，至于无碍与茫茫纷纷，也许还只是后话。

谁让他夸夸其谈地在电视讲坛上大讲元稹的"惟将终夜长开眼，报答平生未展眉"呢？谁又想得到，转眼到了"独坐悲君亦自悲"的当儿，而"百年"竟并没有"几多时"啊！

淑珍却是走得英勇。她早早留下了遗书。她得知难以挽回以后坚决要求停止某些无益的抢救器具操作，她表示并无遗憾与懊悔，她讲了对于此生特别是卓然的满意之情……她说她不惧怕任何新的经验，包括到另一个世界去。卓然最最不能忘记的是淑珍的遗容，那么安详，那么从容，那么平常得大气盎然！

是卓然对不起她呀，对不起，对不起，其实他仍然有不轨之梦，其实他仍然有看图片看电影而思有邪的可笑复可悲，虽然绝无什么不妥的行为，是感恩心涤荡了他的胡思乱想，其中包括对一个欧洲女歌手的特殊感觉……

他也曾吹嘘自己的健康，七十多岁了还能够连打几局网球，还能中速跑步八百米，还能吃一斤半肉片的涮羊肉，还能盛夏在深水海面上游泳一千七百米。因为他少年时代太弱，他尤其注意保护自己，他不敢尝试任何的不健康的癖好与方式。

这一切都随着淑珍的远去而一去不复返了。他的两腮开始凹陷，他的头发开始干枯脆落，他的膝盖动辄吃不上劲，他的口气日益浊恶，他的视力听力明显下降，莫非我也该走了？我是一个软弱的，明白地说，怯懦的人。"守着窗儿，独自怎生得黑？"李清照《声声慢》里这两句话，小时候他以为是李词人叹息自己长得太黑，明明说是独自怎生得黑嘛！为此，他与淑珍之间有多少调笑！后来知道是说独自怎样挨到天黑！他更愿意将"黑"解释为语助词，那就是说，守着窗户，好一个"守"字！孤孤单单一个人，怎么得了，怎么活下去噢！

果然，独自很难活下去。有些事情你一直认为是很远很远，凡是认为很远很远的事情都会突然变得很近很近，就在你的身上，就与你同桌同室同床同声同气。不，死神并不狞恶，死神并不穿黑色的道袍，死神也绝非冰冷，死神很活泼，很亲热，很——你甚至于可以说"祂"很随意，是你的老朋友。他向你调皮地一笑，眨眨眼，问道："怎么样，哥们儿，还不过来？"然后向你张开了双臂。

　　然而老沈不甘心，他不相信自己已经行将就木，他还没有准备好立即随淑珍而去，他猛吃各种催眠中西药物，包括医生告诉他某种进口好药，是重要的学长同志也会服用的。

　　他仍然觉得自己没有睡着，其实事后证明他睡了好久。他二十三点躺下，四点过半醒过来，如果没睡着他不可能安静地连续躺卧五个半小时，且无辗转反侧。睡眠过程中他的耳边一直淅淅沥沥，他听着似雨又像耳语更像虫鸣的声音。人生是一种起伏扬抑的噪音。他一直想着"我仍然睡不着觉"、"仍然我觉睡不着"，却突然张开了眼睛，看到了窗帘缝子中透过来的晨光，而且，最重要的是，耳中响起的不再是淅淅沥沥的声音，雨陡然停止，耳语突然远逝，鸣虫突然冻僵，而一种城市特有的类似轰隆轰隆的机械性金属性吵闹声响，接管了他的被睡眠的单调郁闷的呻吟延续。他的耳闻进行了彻底切换，他现在的醒证明了他的可能低效与无感觉、却仍然不容置疑的睡。

　　被入睡数次后他的身体状态略有改善，他吃了一次猪肉大葱饺子，他吃了一次打卤面，他吃了黄花鱼，就了一点泡高丽红参的药酒。

　　他腹痛如刀绞，他被诊断为急性胆囊炎，他做了急诊手术。由于是急诊手术，术前没有来得及倾泻胃肠，手术后便秘，前后五天没有排便，急急使用开塞露，乃至超量，一旦破门而出，犹如堤坝崩溃，四面喷薄而出，全身全床都是粪便，儿子刚从国外赶回，与他共战一宵，闹了个不亦乐乎，他甚至想到了生不如死的命题。值班护士可能熟悉这出戏，只慷慨地发给家属一卷卷卫生纸，绝不吝啬，人则远离他的病房，眼皮也不向此房间动一动。

但他还是感谢致敬于医护人员，疼痛，麻醉，手术，刀光之灾，血污，无微不至，使他从痛不欲生渐渐回阳，穿戴雪白的护士们用熟练的操作清洁着、处理着、拾掇着他的伤口和带伤的躯体的这一部分与那一部分，包括他自己也不喜欢多看一眼多摸一下的部分，使他渐渐康复，一天好似一天，她们是真正的救苦救难的天使。

出院不久，一位病友，一位年龄级别与待遇都比他高的新结识的伙伴来看望他，并且向他提出了再次建立自己生活的建议。简单地说，要给他介绍对象，告诉他立马就可以娶上一位资深的貌美护士长。这样，他主诉的一切苦处，失眠、失魂落魄、头沉头晕、孤独、惊悸、虚汗、脚心冰凉、食欲减退、给正在国外边工作边求学的独生子增添了太多的负担（四个月前刚为他的母亲赶回来一趟，这次又赶回来与他一道进行粪便大战）……都会迎刃而解。

"夫人去世了，你还活着，为了去世的夫人，你也必须好好活着，为了儿子，为了国家人民老天爷，哪怕是什么都不为，只因为你还没有死，你明明是大活人一个，你只能好好活着，你没有其他任何不同的选择……这里我要明确地告诉你，不论是谁，是多么孝顺的孩子，是朋友，是领导，是特级护理员，谁也代替不了老婆，老婆老婆，是生命的基石，是男人的保命稻草。因而……所以……必须……完全用不着……"口若悬河的病友说。

"毕竟现在不是唐宋元明清民国，五四运动已经过去九十年，而五四前一年鲁迅就发表了《我之节烈观》，就是在旧社会你也不存在不节不烈的问题……"厅长级病友对他掬诚以告，按此人的水平，不，说不定此公已经享受到副省级待遇。

厅长副省级友人往他手机里发送了一张彩照，这张彩照十分养眼，美与不美，俗与不俗，一抹夕阳，一捧残霞，一朵欲萎的鲜花令沈先生心痛，令沈先生心乱如麻，血压升高，失眠更失，不安更不。淑珍，淑珍，你怎么走了啊，你一走，我怎么全乱了套了啊！

六

　　这是一张稍长的瓜子脸，也许是葵花子？她长着一双有点像京剧坤角那样吊起来的"丹凤眼"，她有一种端庄，一种凝重，一种瘦削，她名叫连亦怜，十分的可爱与不俗。她说话的声音很小，话也不多，如怨如慕，如泣如诉。她常常低着头。她刚刚五十岁，比沈卓然小二十多岁。她的样子楚楚可怜，只有熟悉中国古典文学的人才懂得"怜"字在古诗中的地位，它比爱更古老，比爱更幽雅，比爱更男权却也充溢着男子的柔情与担当，甚至还有一点戏耍的心坎上的欢愉。怜就是保证，就是允诺，就是永远对得起女子的起码的男人的诚实与决心，是好好地吃，好好地咂滋味，是上海人吃大闸蟹。怜还是对宝贝，对宠爱，对弱者柔者美者的一百种义务，一百种照顾，一百种珍惜，一百种"阴秀软丝"（您可以去查英汉字典）。风月无边，美味无边，浪漫无边，恩爱万千。

　　沈卓然的说法，祖国认字的人对汉字深情如海。连亦怜，你找不到这样招人爱怜的女性芳名。连与怜同音不同字，本身就包含着一种纠结和期待，一种凄美和缠绵，一种上颚与舌头的性感，一种结合的暗示，一种如莲的喜悦。连就是合，合就是连。中间加上一个发音部位靠前的亦字，嘴张不太大，说起话来好像要流口水，亦就是溢，亦就是嬉戏，亦就是羁縻，亦就是枕边喁喁吁吁。连与亦与怜匹配得天造地设。哪怕只是为了发音学科研，为了文化爱国主义，为了品鉴汉语与姓名学，他也不能拒绝与她会个面。而且那个病友是要请他与她到家里便饭。

介绍说，亦怜是大专毕业专门学护理的医院护士长，她的先生病故，她有一个儿子，患慢性病，为照顾儿子她已于两年前提前退休，现在每月还有退休金三千多元的收入，享受社会医疗等保障，在银行有三万元左右的定期存款。她一直沉默寡言，埋头做事，从无是是非非。丈夫死了七年，不断有人给她介绍男友，她只有一个要求，对方必须有二百平方米以上的属于自家名下的住房。她很简单，很实在，完全靠得住。

沈卓然未以为意地一笑，他说："我的住房建筑面积是一百九十八平方米，不够数啊。"

厅长从老沈的一笑中看出了一点轻蔑，他急着说："不，这当然不是问题。第一，你的住房设计比较经济，房屋使用面积超过了百分之七十，足用一百四十平方米。第二，你有固定车位，你的车位占地三点五平方米。无论从哪个意义上说，你是十足老秤的二百平方米住房拥有者。"

厅长觉得老沈的表情仍然不够认真笃敬，他说："你需要一个护士，医护人员对于你是无价的救星。她呢，女人嘛，五十了，女人五十在择偶上的处境等于男人的'n+1/2n'，也就是说恰恰与七十五岁的男子匹配。天上地下，没有比阴阳调和更大的原则，阴阳和谐，才能齐家治国平天下长治久安。你不用说了，你是人五人六。她呢，大专生，退休金，无房户，她还能想些什么呢？还想要什么？学问？名声？级别？权力寻租？……"

第一次会面是在厅长家里。正是身为客人的连亦怜为厅长夫妇与他们的病友炒了几样菜，同样的西芹香干肉丝，同样的广烧鱼，同样的宫保鸡丁与同样的榨菜汤，你如同进了东兴楼或者听鹂馆。同样的焖米饭，软中劲道，米香绵绵，也使老沈赞叹不已。厅长说："你教文学的不会不知道，当代一位著名的女作家说过，炊艺是通向家庭幸福的金光大道。"

沈卓然果然点了点头。

一周以后连亦怜住进了沈卓然家。本来，没有想到事情"发展"得这样快。

那是当年与淑珍恋爱的时候，那个夏天，他在公园里突然吻了淑珍的脸庞，淑珍说不，淑珍不高兴，淑珍能够说不，有说不的权利，也有不高兴的理由。那时候她向他异议的是：不该发展得这样快。发展问题，后来这成为他们夫妻俩的一个风情趣话。有时候办完了好事，在意态涎涎、情致飞飞之时，他会问她，他们两人发展得是快了还是慢了？发展呀发展，我的好人，如今天人相隔，发展烟消云散，笑语无踪无迹，夫复何言？

　　就在这个时候出现了连亦怜，对于七十六岁，被丧妻之痛已经压得如老杜之"老病巫山里"、"老病已成翁"的老沈来说，她恍如天人，她就是从画面上走下来的巧姐，给庄哥洗衣做饭，给庄哥带来佳馔、清洁、整齐……给庄哥带来枕席之欢。枕席之欢，迷人的说法，传统文化万岁！她在本市没有住房，她是借住在亲戚家。堪怜，甚怜，好端端一个上品的，无懈可击的女子，竟然五十岁了连个正经住的地方都没有。他规规矩矩地说，她可以住在他家里，她可以拥有自己的房间，他不会随意去骚扰。

　　她没有说是也没有说不，没有点头也没有摇头，但是她没有走，不但给他做了他喜欢吃的手擀打卤面与黄瓜鸡丝粉条，还擦洗了他们房里的家具，扫净了犄角旮旯的尘

36

灰，擦拭了并且摆正了墙上的挂钟照片书法与山水画，然后，不管沈卓然的劝阻，她跪在地上擦地板。一晚上只说了一句话："今天晚上我儿子有人管。"

入夜，她给他铺好了被褥，她摆的是两个枕头，两床棉被，共用一张薄毯，两个依偎得那样近，不似新婚，胜似新婚，使沈卓然心神荡漾，脸颊绯红。他掐自己的耳朵，想证明这究竟是古稀老人的艳遇，还是少年臭小子的春梦。他有一些不安，他不但想到了淑珍也想到了那蔚圊，他还想到了有过一面之缘的欧洲女子。亦怜与她们各自的纯洁、优雅、活泼大异其趣。对于老沈来说，亦怜柔软如柳絮，空灵如云朵，光滑如丝锦，顺应如和得揉得恰到好处的面记儿，婉转如二胡曲。他最大的享受是大病之后发现自己仍然活着，仍然男子，仍然有气有力有欲有"坏"。同时，他从来没有过这样的失落心情，他感觉到的是色即是空，空即是色，他的感觉是什么都与当年一样，什么都已经今非昔比，他的好日子一去不返，受想行识，亦复如是。

他得到的是一百一的服务，是毫无瑕疵的第三产业的一丝不苟，是顾客即上帝的职场信条百分百遵守践行。然而她离他很远，她的眼神十分清醒。她的眼皮时而略略上翻，她似乎在内视，她一直在专注，在琢磨，她努力地保持在自己的世界里。她的动作是争取被动，像善于跳交际舞的陪舞舞伴，像风，像空气，像影之随形一样地围绕，完全无我无己，唯愿君得心应手。她几乎完全不出声音，她听任摆布，她轻如羽毛，她了无痕迹。同时，老沈分明发现，无论如何，爱咋的咋的，是她复活了沈某人，她挽救了沈，她带给沈新的生命。

发生了这一切以后，沈卓然更加疑惑，是发生了还是没有发生，当然不是与淑珍的酸甜苦辣的半个多世纪的日子，甚至也不是趴在那蔚圜身体上的春梦，也不是欧洲女子的风情万种……她给他带来的是尽善尽美的安排与敬业。完满的服务后面有一种悲哀的矜持。矜持的冷静中有一种遥远的尊严，一种艰难，一种带伤的坚忍。这在某种意义上更激发了沈卓然的渴望。因为他不能完全满足：他反省自己，君子求诸己，他的不满足也就是她的不满足，他老了，毕竟。他没有能燃烧起震荡起酣畅起迷醉起楚楚可怜的连亦怜，他气喘吁吁之中想着的是下一次，是他的有生之年，他仍然需要女人，却不仅是温顺与侍奉，他需要的是女人的生命之火，就像鱼需要水流，庄稼需要地气，他当然需要女人，因为他还活着。

而最最神秘之处是，从亦怜的某些动作，某些表情，特别是从她的微微摇头与嘴角的微微嚅动中，从某种隐蔽的私密的女人气息里，他想起了高大自如的那蔚阗老师来。这个感觉使他一惊。

他陡然一惊，陡然一想，这究竟是一种什么样的眼神呢？即使她是在做爱。

然后她去冲澡，她没有说话。

"你，好像，不喜欢说话……"

"发展早超过了说话了哟……"

七

从"灭亡"到"新生"，沈卓然的七十六岁的经验与巴金早期的两部长篇小说的标题吻合。他由衷地感激亦怜，感谢上苍，感谢淑珍的在天之灵护佑，感谢命运对于一个男人的恩赐，一个忠厚的有点才俊的不无怯懦的男人，离不开一个稳定的不慌不忙的哪怕是间谍一样的冷静的女子，离不开一种女性的容忍、沉静、节制、周到，医疗还有炊事。其实老沈也是喜欢吃的，他在淑珍去世以后几次反省自己的饕餮，他太喜欢参加公款宴请，从东坡肘子到牛排，从白斩鸡到炸乳鸽，从全家福到佛跳墙，从清蒸石斑鱼到葱烧海参，后来又从澳大利亚龙虾到泰国燕窝、鲍鱼、鱼翅、阳澄湖大闸蟹，他吃得太多太多，吃出不只一样毛病来了。吃多了有罪，他深信，在众生还远远没有温饱的时候。

他毕竟不能长在馆子里。他自己也会烧几样菜，做几样面食。口腹，身体，荷尔蒙，精神，话语，生活，一的一切，一切的一，在大势已去以后，后之后是尘埃落定，落在一个亦怜身上，天下定于一，老沈也定于一。他活着，过去靠的是淑珍，现在只能是靠亦怜。连亦怜，连亦连，怜亦怜，不怜亦怜，不连亦怜，不连亦是相连，连即怜即缘，缘即怜即连即黏即婳即绵。连吧连啊怜呀怜呀缘绵婳绵呀你呀你呀我呀我呀她呀她呀怎么能没有她呀！

连亦怜为他策划与执行了所有的保健项目，早晨，按摩与冲澡，喝凉开水八百克，牛奶、鸡蛋、肉松与香蕉、黑面包，降压降血脂药品。散步，太极拳。午餐后半个小时补钙……晚餐后的牛奶与长效白义耳阿司匹林。

连亦怜的到来改变了他家的气味，她立即添置了药用酒精与碘伏，酒精棉与碘伏棉，龙胆紫、红汞水、伤湿止痛膏药，创可贴与薰衣草精……听诊器、血压仪、一些急救药品也摆放在方便的地方。他叹息万物的沧桑多变，也感觉到了随时贴身的医疗保证。

她是美女、大厨、菲佣、老婆、保健员、护士、天使的完美集合。想到这里沈卓然想跳起来。

他接受了亦怜的儿子。儿子有一种官能的疾病，由于先天的某种元素缺失。他服用着昂贵的进口西药，和他妈妈一样的娴静文雅，当然是更加苍白与衰弱。他似笑非笑，似悲非悲，似存在非存在，似实体似影形。他绝对不惹人嫌恶。这样的二十岁的男孩，甚至于引起老沈的某种欢喜和佩服，这里头有境界也有克己。他想起淑珍的榜样。淑珍一辈子的最大特点是怕给别人添麻烦，她的第一信条是克己，其次是克己，第三仍然是克己。

啊，离得越久，越发现淑珍的非同凡响。她的非同凡响就是她的平淡与普通，她的高度的普通与平淡正是她的出类拔萃。她从来不计较不上心自己的私利，除了尊严。她从来不找任何人为自己办事，她认为每个人自己的事已经需要够多的努力与辛苦，尤其是她一辈子从不在人的背后说人的坏话，包括政治运动的检举揭发。别人说了她呢，她一筹莫展，她完全不懂得一个人为什么可以用绝对不友善的态度信口开河，编造传播，尽情诽谤，到头来把自己的卑劣暴露无遗。

"怎么会这样呢？"淑珍完全想不到也不明白这个世

界上为什么会有无牵连无因果关系的恶意人种。她只需要常识，她只接受常识，谁也唬不了她，却极容易地唬住卓然。一个说法不符合常识，她也就不再放在心上，她也就感觉不到什么不快或者痛苦，她对沈卓然说："有你呢。"她对其他人的表现干脆不以为意，视如无物。沈卓然受到了感动，便也说："有你，这个世界是多么好啊。"

也许，只不过是无邪，只不过是不解，只不过是停止在某一条常规的线上。就像小学生看不懂高能物理的计算题，她和他怎么可能为答不上那关于为什么人生会有许多不良这一繁复的提问而苦恼呢？

只有感激。毕竟沈卓然是个善良的人。这一辈子他连一只鸡都没有宰过，他连一个麻雷子或者二踢脚也没有点燃过。他最多只吸了两口的香烟点响一挂小鞭。他最不愿意的是说他人的坏话，他相信向你说他人的坏话的人，见到他人一定说你的坏话。他相信他得到了上苍的怜惜，得到了淑珍的在天之灵的保佑，他在孤独了一年之后，一个女人，一个对于老年男子来说金不换的护士长与美食大厨家庭服务大师悄悄地走了进来，不但是美食，而且是美女，经得起看，经得起品尝与消化营养，年轻二十多岁，一声不响，服务周全，天衣无缝。她从早到晚不停地辛苦，勤勉过所有的家宅服务员小时工。连亦怜说："我恨活儿。"恨活儿？沈卓然听不懂这个俚语。两次这样说了之后，沈卓然才明白，见到该干的活儿却尚无人去做，亦怜感到的是恨与仇，只有通过劳动让此活儿从她视野里消失，她才感到愉快与安然。这是恨，也许更正确的说法是憾，古汉语中恨常通憾事，恨不相逢未嫁时，就是憾不相逢未嫁。后主的"人生长恨水长东"，苏轼的"长恨此身非我有，何时忘却营营"，长恨岂不就是长憾？

有了亦怜，不再自苦，不再恐惧，不再一味恨憾，不用再咀嚼寂寞的凄凉，不必再质疑活下去的理由。男人的理由是女人。

他带着亦怜与他的亲友见面。他把亦怜的照片发给国外的儿子，他得到了祝福，但也有人据说背后说他的不是，他正在兴奋中，他对负面的说法完全不介意。

他带着她旅行，为此雇了专人照顾她的病儿。带她去了杭州西湖，去了苏堤花港观鱼，乘画舫去了西溪湿地，到楼外楼吃了醋鱼与梅菜扣肉。带她去了长沙，去了橘子洲头，看了青年毛泽东的意气风发的半身像。去了西安，登了大雁塔，会了方丈法师。去了深圳，看了邓小平塑像，吃了粤式下午茶。去了武汉琴台，听了古琴曲《高山流水》，买了孝感麻糖，当然还看了长江大桥一桥二桥三桥、黄鹤楼与鹦鹉洲。他还与另外的一批朋友约定好，第二年春夏之交，他要与亦怜同游厦门、泉州、南京玄武湖、中山陵、苏锡常、河南南阳汉画像石、山西的隋塔、悬空寺与乔家、王家大院。

沈卓然准备好了一切手续，准备四月给淑珍做好清明节的祭祀以后，大约四月中旬办好两个人的婚姻登记，"五一"宴请两桌友人，举行规模适当的婚宴，重新建立自己的幸福生活。然后，走东南亚几个旅游胜地。

沈卓然完全想不到，这时连亦怜女士提出了一系列事宜。

八

连亦怜提出了以下几点：

第一　签订房屋赠予协定书，将沈卓然现住的一百九十八平方米公寓楼住室的产权证房主姓名更改为连一亦一怜。

第二　沈卓然现有的七十八万元人民币定期存款，全部转账到连亦怜的中国工商银行账户与银联卡上。

第三　目前有时过来照顾老沈的他的堂妹沈秀华，回自己的家，今后不再来此处。

第四　沈卓然的儿子提供法律文件，说明他在其父即沈卓然去世后，不会提出任何继承乃父任何财产的要求。

第五　沈卓然现在拥有的几件比较值钱的物品，钻戒两枚，玉石三颗，书画作品两件，金饰七件，全部赠予连亦怜所有。

几件事连亦怜讲得清晰明快，如数家珍，老沈乍一听，觉得很新鲜，很爽利，有几分幽默，他笑了，他想说："怎么那么逗呀……"但是连亦怜的认真，达到了感情的沉痛、坚决，达到了心态的稳重、条理，达到了逻辑的分明与铁定程度，使沈卓然倒吸一口冷气。她，这个金不换的家庭主妇，这个侍候他做到了无微不至的女子，怎么瞬间变得这样严密、肃穆、精悍、悲壮、深文周纳，干脆应该说是伟大，是运筹帷幄、决策战略的大将风范，是精雕细刻、滴水不漏的大匠谨严，是一句顶一句、出口成章、出口成法成令的权威口吻，是清楚干净、字字千钧的文气文风。继幽默感以后，老沈的反应是想鼓掌，想喊万岁……不但坏人不知道好人有多好，一般低下小的人子也绝对不知道高大上的人物有多高多大多上。好你个连亦怜呀，你真是刺刀见红，一针见血，翻天覆地，扭转乾坤的奇女子也！

"那就是说，我变成一个彻底的穷光蛋，您可以随时把我赶到街头桥洞下边……"

"不会的，您的好心，我会回报。我写保证书，拿到公证处。我这一辈子，什么罪都遭过……可从来没有说话不算数。再说，您还有活期存折，还有卡，还有现钱……"

"您是从一开始就这样计划的吗？难道，半年来的共同生活您还觉得我靠不住吗？"

"我可怜巴巴到这种程度，只想找一个好人主子，还能有什么计划？！您是局级，您有职称，您有房，您有头有脸，您什么都有，您不可能知道我什么都没有的困难我受的苦，我丢的人。没法说给您。'饱汉不知饿汉饥'，饱汉不知道什么叫孤儿寡母的日子。我只有我自己，老沈哥，您不觉得我是值得您出大价钱的吗？"

半年过去了，两个人同床共枕，同杯共饮，出则同行，入则同室，她第一次叫了他一声哥，老沈感动得落了泪。连亦怜说："到我们这个年纪了，当然更明白，经济才是基础，是含墒含肥的沃土，您能不明白这个吗？"

原来她还会这样说话，而且说话的自始至终，她的眼皮没有往上翻。她说话有自己的明确的思路，老沈越是觉得说法奇特，就越听起来言之成理，而且说得坦白老实，透明玻璃人一般。可能这样想的不止连亦怜一个人，这样清楚明白地说出来的，除了小怜，他还真没有听见过。

……两人的缘分就是这样告终的。沈卓然的拒绝是按照常识通理，他不能接受这种全面剥夺的方案，这甚至使他想起了土地改革中一种叫作"扫地出门"的对于没有重大恶行的地主的处理。

但是随着光阴逝去，卓然确实有时候也问自己，是不是他并非全然不可以答应她的条款。他应该多一点信心，对自己，对亦怜，对人类，对社会，对薄命的女子。舍不得孩子打不上狼！人活一辈子，房呀、钱呀、财产呀到底有什么用，活到他这个坎儿上，赠给一个自己确实喜欢的女人，让她感受一下人生世情的温暖，给她点正能量，这究竟有什么不好？人只能以善求善，以爱求爱，以信任求诚恳，以无私求奉献，以觉醒求幸福。怎么可能以设防求真诚，以自我保护求爱情，以斤斤计较求成全呢？人能活多久？人能和几个女子赤条条陶然忘机地搂在一起？如果到了这个份儿上还要步步为营、马其诺防线，活这么大岁数与再活下去还有什么劲？

真上了当，他也不是没有办法，他什么地位什么能量什么话语权？他何足挂齿？

从另一方面来想，她的自持，她的稳健，她的坦白，她的清楚，他摇摇头又点点头，他难以接受又不能不喝彩。她的向上翻眼与有时绝对不翻眼……他此生第一次碰到一个毫不装扮，一五一十地表达自己对于利益的关心的人。她的知者不言，言者不知，知者不博，博者不知，知者不辩，辩者不知，她的此处无声胜有声，她的喜怒不形于色，她的每临大事有静气……她的我有一定之规，如果她有机会，过去叫"条件"，现在叫"平台"了，上苍给她一个平台吧，她绝不是苟苟碌碌者。她至少可以当个副省长。

她绝对是一个好人，她讲究的是商业道德，提供样品和售前服务，一切都光明正大，不藏不掖。她只是没有学会修辞的技巧与曲折路径。她既没有艺术的含蓄也没有政客的豪言壮语。她未免直白赤裸。她不是阴谋家。如果她是谋略家，如果她懂得"将欲取之，必先予之"的道理，哪有婚姻登记前明目张胆地进行商业谈判的道理！先登记上，底下的一切根本不成问题。他儿子在美国，能管他多少事？她堂妹说不说也要回农村，人家一大家子人呢。她只管嫁给他，他还能跳蹬几年？多少中产以上的老男人，最后不是落在哪怕仅仅一个保姆手里？CCTV12介绍过多少案例，子女再孝顺，起不了那个全天候陪伴侍候老爷子的保姆的作用，谁又能晓得孤独寂寞的老男人从保姆身上得到多少陪伴与慰安，体贴与抚摸，老而不死的局级待遇与正高职称拥有者啊，多少人最后把一切财产给了保姆而且引起了多少民事乃至刑事官司！

亦怜如果痛痛快快地嫁给卓然，她所要求的一切的一切，本来不会有任何问题，但是她为什么一定要明说，一定要竹筒倒豆子，干脆利索，直来直去，婚前就闹它个一股脑儿！她为什么这样明火执仗，急于求成，什么都摊到桌面上，违背了模糊数学、距离陌生、谦谦君子、点到为止的审美原则。这样一说，她不但当不了副市长，副科长也不够资格喽！

这个机会就这样失落。来如春梦，去似朝云。她最后的掏心窝子的言语，虽不铿铿，却也余音绕梁，落地有声！机已失，时不来，老沈呀老沈，惨矣哉！

九

在喜出望外的幸福感中，老沈已经带着亦怜与自己的所有至亲好友见了面，也向他们宣布了即将五一节举行婚礼的喜讯，特别是对于一位曾经共事过的老首长，他更是详尽地向他报告了他的丧偶后的状况。老首长曾经专门给了他一个电话，说是对连亦怜的印象颇佳，祝福他们。

好事告吹的结局令老沈不无狼狈，他只好再一一通知，他尽量轻描淡写，他说是对方面临了一些新情况，新困难，她可能需要远走他乡，她可能另有考虑，毕竟此事谁也不需要就和谁，这个那个，先不办了，吾老矣，不办也就不办了吧。他的亲友们都为之唏嘘，同时鼓励："像你这种情形，正是钻石王老五！没关系，再找一个吧，我们城市里，条件好的待婚的成年女性，太多了，我现在就可以给你说两三个……"

老沈哭笑不得。老年人的婚恋问题，好像还很有新趣。他的一个老同学，丧偶后曾经考虑过续弦，被两个孩子骂了个狗血喷头……从此失魂落魄，低头缩颈，形如槁木，心如死灰，就在今年五一，他老沈预定的续弦日子，此公心梗离世，咦！

月前他还与亦怜一起去看望过这个倒霉的老爹，他对老沈说悄悄话："听说，对你的迅速再婚也有不好的反应……"唉，您说什么呢，现在对此公的反应是不是就好了呢？

只有对关系亲密、也是老沈最佩服其道德文章的老首长，老沈说了全部实情。老首长表示完全理解，也支持老沈的处理方式，他说搞得这样露骨，让"我们"即包括首长本人很难接受。市场经济市场经济，婚恋也彻底市场经济化了，这总是让人心里别扭。也许是小连碰到过什么特别的人，特别的事？也许她受过什么伤害和歪曲？一般地说，有点利益方面的务实考虑，倒也是正常的……老首长叹息。

不久，首长亲自向老沈介绍了一个知识型女性，"找个念书人吧"，首长摇摇头又点点头。起码不会与老沈谈商业条件的吧？该人是首长的一位朋友的小妹妹，今年已经六十出头，是当年科技大学的高才生，有过一段辉煌的经历，结过婚，有个孩子，可惜的是她命途多舛，丈夫四十多岁正是各方看好的时候因交通事故亡故，一直是一人带着孩子，也还踏实，后来她的孩子移居国外，把老娘扔下，她有点受不了……如此这般，热心的朋友们为她张罗个老伴儿。

"她为什么不出国找她的孩子？"老沈嗫嚅着说，说了又觉得不合适。首长是好意，他又有与小连的事情在先，他并没有摆出一副为淑珍坚守的姿态，人家去不去国外找儿女，他打问得着吗？

幸亏首长没有听清楚，首长说了，听力渐差，最近的听力测验，结果是降了二百多个基点。沈卓然马上恭维说，凡是老年后听力下降的人，都是寿星。

老沈与知识型女性聂娟娟见了一面，她戴着眼镜，头发花白，脸有点大，眼小，但是极其有神。下巴颏上的一粒黑痣看上去不那么可爱，但是一说话，她的谈吐就令老沈倾倒。她自我介绍说，她在科技大学就读期间，是大学的"三好学生"，市里的"五好青年"，省里的"青年社会主义建设积极分子"。她的毕业成绩，所有课程均属优等，一门"良加"的也没有。可惜她毕业的时候赶上了政治运动，不是由于她的原因而是她哥哥的原因，她被分配到了边疆做教师，教非所学，学非所用，为此，她奋斗了二十年，终于调回本市，能够教她当年学的东西了。她的课程全校有名。改革开放后她获得过两次创新奖，一次郭沫若奖，一次严济慈奖，她还是全国妇联评出的"三八红旗手"。她在牛津大学量子科学讨论会上语惊四座，她在德国汉堡大学被提名为莱布尼兹奖候选人。就在国外开会的时候她的丈夫出了交通事故，三天后身亡，她受了刺激，在医院里住了三个月。她从此每况愈下，但是，她讲的课仍然轰动全校、全市、全省。

她是不是有点喜欢吹牛呢？沈卓然想。

沈卓然约女教授到街口的一个鹿港小馆吃饭，要了两碗馄饨，一条清蒸鲈鱼，一客牛肉河粉。餐馆名称像是台湾

52

品牌，环境布置得小巧温馨。聂娟娟从一坐下便显得颇为不安，且一再劝告沈卓然少点一点菜，"就点您一个人的吧，我吃不了……"果然，想不到的是聂娟娟除了用筷子搛了三个小小的馄饨吃下去以外，任何其他东西不吃不喝，还说她已经一再说过，她的饭量就是这样。说是她从来不吃鱼，她从来不吃牛肉，吃了鱼与牛肉就会得肠胃炎。说是她的吃饭很讲究，不吃韭菜，不吃胡萝卜，不吃香菜与芹菜，不吃红皮洋种鸡蛋，不吃大葱，不吃荞面，不吃花椒，不吃凤爪与鸭掌鸭舌……说得沈卓然又敬又乱又疑惧。唯一的此次与聂教授的共用午餐实际上不怎么用午餐，使沈卓然产生出一系列语义学上的困扰来。许多东西不吃，这能叫作"讲究"吗？不可能饱的食量，能够叫"饭量"吗？这能叫作正常吗？"我就是这样"，当真"就是这样"吗？一个女性，学历很高，运气很糟，生活很孤独，这样的怪人为什么首长要介绍给他？但是与她说话确实很有趣，比与亦怜无话可说有趣，比突然听到亦怜赶尽杀绝的商务条件有趣。

　　与亦怜一起，他始终觉得不无陌生。而与娟娟一起，他脑中马上涌出了"奇葩"两个大字。她的奇奇怪怪的一切，使他大开眼界，学而后知不足，识而后知不识，天下之大，无奇不有，尤其是对女性，他自己真是太无知，太坐井观天了……就拿三个馄饨来说吧，第一，这是什么用意？她说她是一米六六身高，不矮呀，一顿午餐三个馄饨，是正常人饭量的八分之一，这里面有什么内涵或者背景，有什么动机什么暗示表白？难道这是一种克己？谦让？复礼？分寸？第二，这是不是一种特异功能？他这个年纪的人应该还记得，一九四八年"中华民国"的国统区报纸电台纷纷报道重庆女子杨妹九年来未曾进食的故事，马上各地都有细妹子跟进，纷纷声称自己从小不吃东西或基本上不吃东西。整个一个国统区，正过着民不聊生、食不果腹的日子，碰到了你不吃我也不用餐的大好梦境，全民为之轰动，连国民党当局也为之激动，组织了专家组去调查，据说调查结果是在杨妹肛门上发现了粪便，粪便化验中发现了粮食残渣，科学家们做出了不食少女杨妹实则进食的结论。同时人们不死心，有专家分析说，杨妹进食远远少于常人，本是不争的事实，此点对于食品匮乏的我国，仍然有很大的意义。设想一下，如果全国百姓自觉节省口粮菜肴三分之二或五分之四点二，粮食供应形势立马好转，匮乏立马转变为富庶，其乐何如哉！

莫非聂娟娟是当代中国的杨妹升级版？沈卓然更感觉有乐儿啦。唉，一辈子沈卓然过得太憋囚，他应该接触更多的人，他应该接触自己完全不熟悉的女子，他应该一心去寻找奇葩，发现奇葩，研究奇葩，呵护奇葩。他当然不可能全无邪念，但他毕竟还有文明人的规则与道德意识，他不会做出不体面的事。人活着是为了知道，我知故我在，比我思故我在更靠谱。人应该识遍五颜六色，尤其要知道一点奇奇怪怪的葩华。你不是元首，你至少应该知道几个元首与他们的妻子女友，比如克林顿的绯闻与卡扎菲的女子卫队，杰克逊与他的女佣。你不是科技专家，你也应该知道牛顿、爱迪生、霍金和乔布斯。你不懂飞行航海，你也应该知道麦哲伦、哥伦布、戴维斯、麦克康奈尔。你不是杨妹，但是你已经听说了科学家的最新理念，人们的进食应该减少到三分之一，现在，一位一顿午餐只吃三个馄饨的量子物理学家、教授、女知识分子就与他坐在一起，侃侃而谈，娓娓动听，谈天说地，妙语如花，而且大致上是不吃不喝，反正她的不吃不喝不会给沈卓然带来任何损失，不会改变老沈的产权证与定期存款姓名，而只是带来节约俭省；她是空前的节能低耗减排型社会人士，何乐而不为呢？朋友，就是朋友罢了，而且，女性就是女性，他老沈可以不去抚摸聂娟娟的身体，他老沈可以不去与聂教授拥抱接吻、摩擦舐吮，他仍然感到了一种前所未有的愉快，一种舒适，一种补充，一种对于寂寞与孤独的排遣。即使是牛皮哄哄也仍然不失层次，不失素质。你好，杀猪捅屁股，门道独特的聂娟娟奇葩女士，什么时候我也听听量子物理学，听听十九世纪末二十世纪初物理学天空上的两朵乌云，欲穷千里目，更上一层楼，欲做高端人，先识女教授。我老沈的有生之年，有生之年攒劲噢！

十

聂娟娟很喜欢给老沈打电话，她的电话常常给沈先生以又惊、又喜、又乱、又疑、又晕、又累、又好玩的出其不意的感觉。夏天，她早晨五点四十分来了电话，很惊人。幸好，老沈的习惯接近农民，他五点三十分就起床了，十分钟后接到聂娟娟电话，他甚至觉得是天意，天不灭沈，一睁眼就热热闹闹忽悠上了。她在电话里大谈她的儿子，说他在硅谷取得了骄人的成绩，说是他被邀到比尔·盖茨私宅去做客，像我们的领导人的待遇一样。还有，她的儿子，一个电脑软件天才，被一个厚嘴唇的马来西亚女孩、一个嘴唇更加宽厚而且皮肤如黛黑绸缎的海地女孩、一个墨西哥裔拉丁女孩还有一个土生土长的美国加州一米八身高的女孩所同

56

时追逐。聂娟娟大笑，说我儿子真有桃花运，"英特纳雄耐尔"就这样来实现。又有一次说是她儿子打算给她汇十万美元过来，被她严重制止。她说："老沈，你想想，我要十万美元做什么？我一个人，我有十平方米的房子就够用了。我骨质疏松，我经常失眠，我喜欢唱歌，我不看电影，从小就不爱看，我现在每顿饭只吃四分之一两至半两粮食，我不吃红皮鸡蛋，只吃白皮，更不吃鸭蛋，我最多吃一个鹌鹑蛋，最好是吃半个。吃水饺我只吃一个，吃小笼包子我只吃三分之二个，吃馄饨我只吃一个半。上次是你请客，我不得不吃三个，吃太少了会让你失望。吃完了我差点撑死。我不喝牛奶，我不喝豆浆，我不喜欢豆子气味儿，我从来不吃冰棍更不吃冰激凌，我绝对不能吃梨也不吃榴莲，榴莲有一股鲜屎味……喜欢吃什么，我喜欢吃栗子，每次只吃三分之一粒，我也喜欢喝棒子面白薯粥，每次喝一调羹……"

又有一次，聂娟娟在电话里说，"我要请你吃饭，我们这边有一个淮扬菜馆，他们的狮子头我能一次吃掉五分之一。砂锅鱼头够我这样的人二十六个吃饱，你能不能找几个好朋友，一起来吃鱼头？淮扬菜的排骨黑里透红，咸里发甜……还有雪菜炒干丝。"这使老沈大惑不解，您吃得如此惊人的少，谁好意思让您请客？您推荐的菜要那么多人才能吃完，我上哪里找这么多食友去，其实若真是我的食友，最多仨人也就吃光了，您为什么要说够二十六个人用？看来，此言差矣，此言怎讲？谢谢了，您……

类似的话，再说一遍，老沈就感到了自己脑部的供血不足：热情、天真、寂寞、孤独，呦呦鹿鸣，食野之苹，我有嘉宾，鼓瑟吹笙，是渴望友谊还是虚张声势，是没话找话还是借题发挥……人是多么有趣的动物啊，女人更是多么有趣，多么神妙的物种啊。女人的话语，不似歌曲，胜似歌曲，不似魔咒，胜似魔咒；女人的旋律，不是后现代，远远后于后现代；女人的邀请，不是演戏，而已演戏；女人的大笑，谁知道是舒适还是苦大仇深？女人的哭泣，谁知道是怨怼还是高潮不期而至？

尤其是聂娟娟动不动讲一些物理学、电子学、遗传学、天文学、材料力学方面的术语，突然间演变成世界各大学的学术动态，演绎出英、法、德、俄语名词。她大笑着说莫斯科大学的一位教授给她写了求爱的信，她认为这纯粹是开玩笑，她相信全世界精神不正常的人数量超过精神正常的人的百分之五，越是所谓自由的欧美，精神病就越多。她问，您自由了，您由着自己的性子发展，您想怎么着就怎么着，您能不患精神分裂，您不撒癔症您想让谁

58

谁撒癔症呢您？说到最后她又提起，她还接到了一个巴西原非洲裔黑人教授的示爱信，她说着说着大笑起来，笑得她在电话那边咳嗽，她的咳嗽似乎引发了哮喘，她在电话那头发出了牛吼和铁匠炉拉风箱的声音，呕呕的，呼呼的，似乎要把肠子呕出。老沈吓坏了，老沈知道，邓丽君在泰国就是这样哮喘病发作而过早地离去了的。

老沈对聂教授横生怜悯之心，邓丽君去世了，那么多歌迷为之悼念。如果是聂娟娟哮喘去世呢，头几天，也许谁也不会在意。这几天呢，刚刚有个人惦记她，就是同病相怜的沈卓然啊。

聂教授来了电话，老沈也得给人家去个电话。他去电话的时候聂教授更加兴奋，说的话更加广泛，漫无边际，天南海北，穆桂英杨家将，爱因斯坦相对论，杨振宁、翁帆、李政道、邓稼先、周啸天、伦琴、玛丽·居里、索尔·珀尔马特，也谈到了柳永与王实甫，龚自珍与聂绀弩，杨绛与钱锺书，台湾的钱穆。

聂娟娟说："您知道咱们省的诗人孙醒吧？本来北欧的院士告诉他，是他要得诺贝尔文学奖的，一不留神，让莫言得上了。反正他早晚会得的，也不是挪威的也不是丹麦的，反正人家都知道了，五年以后孙醒获奖。他是我小学同桌的同学！此外还有某某、某某某，近年都有获奖的希望。都告诉咱们了。"

聂娟娟是无所不知的奇才！

有一次他们在电话中谈起了"革命样板戏"，聂娟娟唱了一段《杜鹃山》里柯湘唱的"家住安源"，然后问："我唱得像不像杨春霞？"更想不到的是她接着唱了一段《海港》里方海珍的唱段"想起党眼明心亮"，她唱道："午夜里，钟声响，江风更紧……"使沈卓然大吃一惊，《海港》里的唱段没有几个人记得，如果不是聂娟娟学唱与提及，饰演方海珍的名角李丽芳的名字老沈早已经忘到了九霄云外。而且聂娟娟的嗓子是那样清亮干净甘甜，如村姑，如天籁，来自话筒的另一端。真是相闻恨晚呵！

凑趣的是老沈竟然能唱一段《海港》里沈小强的唱段："我沾染了资产阶级的坏思想（昂），轻视装卸工作不（乌）应（嗯哼）当，我不该（咳）辜负了先辈（嘿）的希（意）望（啊昂），我不该（咳），听信那吃人（嗯哼）的豺狼！"他一边唱，电话那边的聂娟娟一边笑，告诉他，不是沈小强，是韩小强，"你怎么非得把样板戏里的落后人物改成与自己一样的姓呢？"

"那一年，我把样板戏上人物自我检讨的唱词都学会

60

了，除了韩小强，还有杜鹃山上的雷刚，他的轻举妄动害了好同志田大江，雷刚哭腔唱了一段，荡气回肠……"

他们两人聊得可真痛快。

然后他们又就一个问题争论了起来，聂娟娟问："你记得样板戏《杜鹃山》当年正式公演的时候叫什么名称吗？"老沈说："不记得有什么变化呀，一直叫'杜鹃山'呀！"

"不对，正式作为样板戏演出的时候叫'杜泉山'，那时候的人真有意思，可能是觉得'杜鹃'太古雅也太悲伤，您当然懂啦，杜鹃就是子规，就是'归不得也哥哥'，太苦啦……"老沈听到了电话那头的哭声。这次通话，历时一小时十四分钟。

"还有你知道最早，《杜鹃山》里的起义武装的头儿是谁吗？最早他不叫雷刚，他的名字要好玩得多，乌豆……"在一小时十四分钟电话撂下五秒钟以后，娟娟又拨来电话补充他俩的记忆。

这是一种完全崭新的体验：神经质，不无卖弄，万事通，出色的记忆力，阴阳八卦，中外匪夷，文理贯通，古今攸同。二人的通话话题扫荡文史哲理化生亚非拉生旦净末丑，重视大事也重视细节：信息量、新知新名词与旧事旧说法。"旧学商量加邃密，新知培养转深沉"，虽不深刻专一，仍

61

然狼奔豕突，自成一脉。东拉西扯，信口开河，江水滚滚，波浪哗啦。为艺术而艺术，不无炫耀，言迷茫便迷茫，顾影自怜。痛快淋漓中自怨自艾，一拍即合中其妙莫名，互相欣赏中彼此费解，你我吹嘘中左右为难。还有超越饮食男女，绝不谈情说爱，也不是柏拉图，未必是用概念的撞击取代器官的摩擦亲热。又不是刑场上的婚礼，没有准备喋血青史。不是林觉民的与妻诀别书。不是刘青锋、金观涛他们的"公开的情书"，述而不作，翻印必究。这里是一种混乱的、模糊的、跳跃的、打镲的、超越一切实务的安慰与享受，抚摸与滋养。如果说这也是一种老年人的爱情的话，这是无爱的爱情，这是行将消失的晚霞余晖。这是仍旧的落日照大旗，马鸣风萧萧。这是蒙头盖脸、天花乱坠、相激相荡、出神入化、谈笑风生、内容空洞、色即是空、空即是色的爱情，或绝对非爱情。玛丽莲·梦露没有这样的爱情，柳梦梅、张君瑞没有这样的爱情。罗密欧与朱丽叶，没有这样的爱情。安娜·卡列尼娜与卡门，也没有过这样的爱情。文学、戏剧、电影与连续剧中这样的爱情还没有出现过，因为它不是爱情。

老沈喜欢起聂娟娟来，没有柔情，没有肌肤的亲昵，没有私密与私处，连性器官与第二性征的想象神游意淫也没有。没有服务，没有温存，没有接触黏连，没有贲张与分泌。没有生活细节，没有炊艺、枕席、画眉、搔痒痒、捏肩揉颈，没有脸面、五官、嘴唇与躯体，更没有舌头。不是相濡以沫，没有沫，不濡，而是相悦于神潇瞎忽悠，相悦于言语的狂欢，试探寻觅，资讯重组，虚虚实实，连蒙带唬，冷饭重新热炒，热菜迅速冷冻，抢起纪念碑，扬起积淀的尘埃，记忆翻滚，旧事加温，年事推移，喜怒哀乐日益淡化却也就是日益醇厚发酵变酸变香变苦。不，又不全然是神潇忽悠，是生活，是口腔与哮喘，是神经元与肺活量，是什么都记得，什么都生动，是八十岁重温十八岁的无限依依，是永远的泪痕与笑靥，是拥有过与告别了的一切，是"我们都年轻过"的温暖，是"我们都记不清了"的悲凉，是"我们都是倒霉蛋"的风流倜傥，是我们都是精英，都是才俊，终于都是废物垃圾的痛惜……是难辨的记忆，是或有的往日，是往事不堪回首，往事岂可忘记，往事仍然多情，往事尽在无酒的酒兴、无主题的主题、无共同的共同、无携手的携子之手、与子偕老当中，慢慢温习，慢慢远去。

　　而经验使我们彼此靠得紧紧的：不是一家，亲如一家，不是自己，犹如自己，这百十年，我们的共享的回忆太多、太多了。啊，爱情，共同的记忆，共同的叹息，共同的胡诌八侃，共同的再怎么赶也赶不上趟儿了的鲜活的生命。

原来，经验的凸凸凹凹，粗粗细细，经验的曲线与伸缩可以是性感的，质感与多汗、多味的。智慧、风格、谈吐、夸张的想象、信口的胡言，都是魅力，都是撩拨，都是力度冲动，都性感起来活活要你的命！谁想到过这个！古往今来的小说家、性学家、青春偶像与影视女星、毛片角色、娱乐记者……竟然还没有表现过这种体验！

有那么一点激动了，虽然老沈不过是老沈。

十一

忽然，他找不到聂娟娟了。

聂娟娟突然失联！

连续一星期又一天，老沈没有得到聂娟娟的电话，他打电话过去也屡屡被"现在无人接听，请稍后再拨"的软件自动提示所结束。

老沈急了，他不惜去打搅因身体欠佳已经卧床多日的老首长，要聂娟娟的地址，原来娟娟只给他留了电话却没有说地址。老首长问候他们来往的情况，老沈说她是一个很好的谈话伙伴，如此而已，还没有想下一步。首长听了很兴奋，十分钟后让老伴给他回了电话，告知了他聂娟娟的住址。

按照获得的地址，沈卓然花了一百六十二块钱，打出租车到了地儿，他大吃一惊，她的住处不但在远郊，而且她的房号说明，她住在一间小小的地下室里，在那里租房住的人，都是农民工。在农民工居住区，聂娟娟的住房也是最狭小最寒碜的。

沈卓然努力要求自己做到镇静，镇静，再镇静。他毕竟走向耄耋，又经历了与淑珍的生离死别，刚刚经历了与连亦怜的大起大落，他已经处变不惊，他无变可惊了。

他塌下心来做了力所能及的调查研究，还是毛主席说得对，没有调查研究，就没有发言权。对于聂娟娟，众说纷纭，莫衷一是，但也有共同点，同一个楼区的打工的邻居们，一致称她为卖晚报的老太太。卖晚报？是的，她每天下午三点半起，在一家清真涮羊肉馆子前卖晚报，据说能日进三十元到五十元。沈卓然一听，只觉头晕眼花。她，她不是教授吗？她不是有退休金吗？

"不，不是为钱，人家是玩儿，是解闷儿，老太太最愿意的就是直着脖子在那儿吆喝'晚报嘞晚报嘞，又一个贪官坐监狱嘞！'叫什么来着？人家说，那是体验生活。人家说过，荷兰哲学家斯宾诺莎不也是这样吗？他倒是不卖晚报，他磨镜片。还有中东国家的一个大诗人，他的职业是理发师。"

了不起，农民工的素质也大大提高了。

都知道她是教书的，有的管她叫老师，这样称呼的多，有的管她叫教授，这样称呼的少。所有邻居包括一名管理人员，都说聂老太是个大好人，亲切朴素，与群众打成一片。她饭量小，这是真实的，没有人有不同看法。有一次一天她只吃了两个枣子加一小杯开水。有一次她买了一块烤白薯，吃了两天。还有就是她已经在这里居住了五年，这里的打工仔、打工妹、打工姨，随着雇主的变动搬来搬去，只有聂老师坚守在此地不变，有一位打工妹从这里已经三进三出啦，每次回来都看到聂老师、聂教授、聂老太，风光依然，头发日益白掉，声音仍然清脆爽朗。

聂老太为什么住到这里来了，其说不一。有的说，她原来有一套单位分的公寓单元房，近九十平方米，用不着，太孤单，卖了，于是到这个都市里的乡村，农民工的居住区落户，每月只花房租一千元。她与大家亲亲热热。有的说可能是她的孩子在国外遇到了什么麻烦事情，需要老娘的破产支援。有的说，她根本就没有孩子，或者孩子早已经在国外没了，不然五年当中，谁看到过她的孩子回来过一次？一套单元房的价款都给了孩子了，起码三百五十万元，可邻居们不知道她的孩子是男是女，是男是女哪能完全不管老娘亲呢？美国人也不能这样呀！听说美国人虽然不知道孝字，倒也并不六亲不认。而且聂教授学问那么大，她的孩子，有不懂事的吗？还有，人家经常是不吃不喝呀，嚼裹不费呀，又能看家又不费养活，哪个孩子不欢迎这样的老爹老妈！

有人大胆提出，聂老太说话没有什么准头，她结过婚吗？她当真有过儿女吗？谁敢保证？立马有人出来说，他就敢保证，他与聂娟娟面子大，他在聂老太那里看到过老太太与自己的先生和孩子合影的照片，她男人穿着呢子大衣，人家牛着呢。人家儿子，长得又像妈又像爸，模样俊着呢。

那么现在聂老太哪里去了呢？管理人员告诉了医院的名称与方位，老太太病了，住医院了。

天色已晚，沈卓然一头雾水，提醒自己要考虑考虑。聂娟娟对他讲的话里至少有百分之七十或者更多是虚构的，她的邻居农民工们也都知道她说话没有准儿，同时他们一致认为她是大好人，他们更一致同情她，说她这样的有学问、善良、亲民的孤寡老人天上没有一个，地上没有第二个。他们中没有任何人认为她的谎话连篇是个什么问题。他们既不是人事科又不是派出所，何必非知道她的真实经历不可？邻居们还一致同意，她太命苦，她生活在城市，她上过大学，她教过大学，她又有组织又有户口，但是她命苦，比农村的打工人员还命苦。

沈卓然满意于自己的公关能力，他居然在与陌生人接触中得知了这么多情况。越知道得多他越糊涂，到底是怎么回事？有点离奇，有点找不着北。有点超出了他一辈子的生活经验与理解能力。他似乎又愿意有所惦记，有所牵挂。妻子天人相隔，儿子大洋相距，工作早已退休，讲课可有可无，朋友不少不多，话语可说可不说，会议可出席可不出席，死亡或早或迟，早也谈不上太早，因为他已经转眼八十，迟也不可能太迟，八十过了九十还能过吗？九十过了，九十五还能过吗？一百了，一百又当如何？不信你老小子能混上一百一！他已经刀枪不入，他已经胜负无别，他已经生死相接三百六十度，他已经在淑珍走后经历了小小艳遇，他已经搂紧过亦怜，进入过亦怜，最后只怕是无怜无连、无亦无义、无情可言……呜呼哀哉。

那么，现在有这样一个奇葩让他惦念，这是多么幸福，这样才不至于弄成个不可承受之轻。

那么聂娟娟呢？聂娟娟是谁不是谁？有意还是无意说谎，与他有什么关系？同是天涯沦落人，相逢何必曾相识？

何必相知？怎么可能相知相识？知与识何必一一核对？何必求真求实求是？人生本来嘛也不知，你又对人家娟娟说了多少真实呢？你说了你弄坏温度计的事了吗？你说了你梦中爬到了那老师的身上去了吗？你说过"文革"中你对那老师的冷酷无情了吗？命运是真实的吗？遭遇是真实的吗？《郑风》"女曰鸡鸣，士曰昧旦。子兴视夜，明星有烂。将翱将翔，弋凫与雁"是真实的吗？韶乐与《东方红》是相知相和的吗？《离骚》与《古拉格群岛》是真实的吗？唐明皇、杨贵妃、白乐天的《长恨歌》与"埃及艳后"的故事是真实的吗？吴妈碰上了阿Q，瞎猫碰上了死耗子，沈卓然遭遇了聂娟娟，就不能演绎出崔莺莺、杜丽娘、林黛玉、爱玛·包法利夫人们的惊天动地的爱情来吗？

如此这般，已经是十七点了，沈卓然想起了自己没有吃午餐，他找了一个小馆子，叫上了娟娟的几个邻居，要了两份馅饼、两盘扬州炒饭、每人一碗雪菜肉丝汤面，还有一盘凉拌鸡毛菜一盘麻婆豆腐一个牛腩锅仔，一起吃饭，更加确信了"人民"对于聂娟娟的肯定与赞扬是可以信赖的。人民，只有人民，才是动力，才是标准，才是幸福，才是依据。

一位十七八岁的男孩子说："我带您去看老太太吧。"

终于找到了六人一间的病房，护士不让老沈进病房，说是女性病房天黑后不准男性人员探视，老沈不得不拿出电视明星的派头，说明自己是在电视上讲过白居易和苏东坡的老师，偏偏整个一个医院，没有一个医生护士勤杂工人有闲心收看什么诗词歌赋讲座。老沈还强调，自己找到这个病房很不容易，一个单程的"的"费就是多少多少，护士立即予以驳斥，您为什么不早一个小时来？老沈无言以对。

这时有一个女中学生前来陪病人妈妈的，认出了沈卓然，表达了对他的敬意，帮助沈老师向院方讲情，费了九牛二虎之力，老沈总算进了屋。

与电话里滔滔不绝的聂娟娟判若两人，她无言，她基本上闭着眼睛，对老沈的到来反应麻木迟钝。对什么病的询问也不回答。老沈看到了她的一条腿被吊起来，询问是不是摔了跤，造成骨折，聂娟娟影子一样地哼哼着回答"有，可能是"。

老沈自然也就凉了。他坐了十分钟，只是枯坐而已。

他告辞，"嗯"，聂娟娟对他的告辞回答得比较痛快，似是卸掉了一个负担。他沈卓然来得毕竟太冒失了。如果是英国人，绝对不可能当这样的不速之客。中国文化，没有受到邀请而自来的客人却也可能是颇受欢迎引起意外的惊喜的人，他沈卓然仍然不是。显然，他的到来给娟娟带来的是尴尬，如果不是痛苦，是打击，如果不是毁灭的话。

他向后退着告别，像日本人觐见天皇完事，从陛下那儿退出来的时候一样。他看到了娟娟的嘴在动，他连忙走了过去，他告诉娟娟，他的听力与他的老首长一样，正在急剧地下降，他因之没有听到她方才说的话。但是，她没有再重复自己的话，沈卓然看到的是娟娟的一滴眼泪。他的感觉是，娟娟也许真的快要走到生命的尽头了。

晚年巴金，喜欢用"生命的尽头"这个短语，沈卓然是从巴金那里学来这个相对婉转一些的说法的。

十二

一个月后，沈卓然接到了娟娟的一封信，可能是由于投递地址写得不清不全，可能是由于老沈住的这个小区物业管理混乱，也可能是由于电邮与手机短信微信的发达使邮政大大受挫，他用了这么长时间收到郊区寄过来的一封平信。

信上只写了八个字"谢谢你对不起再见"。

娟娟还在信纸上画了一个可爱的小兔子。为什么是小兔子呢？她属兔？还是她受了美国"花花公子"腰带标志图案的启发？

他询问手机的语音助手，软件用中英两种语言提示说："对不起，没有这个电话号码。"

应该是，电话撤了。

他去找老首长，老首长已经病危，不能说话，不能交流互动。他问老嫂子，老嫂子说是不知道这么个聂老师。上次传达聂女士的住址？早忘了。问别人，别人更不知道。他想再去一次老地方，最终并没有去。历史上的事往往重复两次，第一次是虚惊，是诈乎，第二次是真是没救了。第一次是狼来了？没有来。第二次是没人理？真来了。现在他与聂娟娟当真失联了。他想找好友，找阅历多见识广的朋友一起谈谈娟娟，他憋了太多的话。他已经约好了饭局，临时改了主意，没有经过本人同意，他不应该任意谈论一位女性与他的私人交往，与他的私人通话，他不是也绝对不应该是斯诺登，他不是CIA美国中央情报局，也不是SIS英国的军情六处。同样，他不可能去审干，也不会为此主办双规。他可以与娟娟谈话，可以不谈话，但是他不应该透露娟娟与他谈了什么。他尤其不可以找上朋友，找上能人一起来分析聂娟娟教授的虚实长短心态动机悲喜与隐痛。他最最痛恨的一种男人就是与某个女人发生了一些来往，八字还没有一撇，就拿出去说事，乃至是去卖弄自己在女生方面调情方面的成功。有的人甚至于拿出某个女人的动情的信给一帮只想猎艳的狗男人看，这样的男人狗彘不如，这样的男人应该毫不犹豫地割舌去势。

……想不到有这样的节奏与频率，娟娟的信才收到三天，一位已经告老的原人事干部大姐来找沈卓然，开门见山，要给老沈介绍对象。

老沈略显犹疑。大姐痛批道：

"你以为你是谁？你不是浙江文化名人章克标，百岁征婚。你不是唐朝武则天时期出生的名将郭子仪，或者东汉年间的长沙太守张仲景，八十得子。机不可失，时不再来，你还等什么？中国能有今天的发展，一靠政策，二靠机遇，你的问题，不需要政策，关键是看你自己抓没抓紧机遇。机遇不抓，等于什么也没有。今天的事今天做，咱们等不到明天！上面不是没有说过，要有紧迫感，要有计划有追求有日程有时限！人生绝对不可以往后拖！万事万物，赶前不赶后，这是我的信条，你打一下五笔字型试试，'赶前不赶后'，打出来竟然是'干部素质'四个字，绝了，哈哈哈哈咿乎呀乎唉……"

这位人事部主任，只是在退下来以后，才发挥了她作为长期接受"二人转"熏陶的东北人的口才，她讲得还真好，不服不行。

与聂娟娟确切失联后三十九天，沈卓然家里来了新女友，吕媛。吕媛身高一米七，块头很足，笑声爽朗，见第一面，她就说："只要在穿衣镜前一照，我就想起'中国劳动人民还有过去那一副奴隶相么？没有了，他们做了主人了'。谁的文章？对，《介绍一个合作社》，毛泽东，一九五八年六月，发表于《红旗》杂志创刊号上，写于四月十五日，在广东执的笔。"

人与人是怎样的不同！淑珍是清水河。那蔚圚是云朵。连亦怜是家用智能电器。聂娟娟是一路神仙、一路无路可走的散仙鬼魂天才妖狐不幸的人。而吕媛像一部大吨位L系叉车，人、头与脸、胳臂、屁股、言语、气势、肺活量都是大号的。

吕媛原来是省直机关的理论教员，专讲马列主义基础与毛泽东思想概论，后来也讲过邓小平理论与"三个代表"重要思想，科学发展观的年代她退休了。但干了几十年，退下来，她仍然坚持天天看央视的"新闻联播"、"东方时空"、"焦点访谈"，坚持认真阅读《人民日报》第一版与理论版，坚持看《人民日报·海外版》的"《望海楼时评"与《光明日报》强有力的"光明论坛"。

　　吕媛可能猜到了沈卓然的反应了，她说："他们本来要介绍给我一位有名的将军的，我想了想，我毕竟不太熟悉军事，听说您是一位学问家，我愿意与您结交共处。"她看了看沈卓然这一百九十八平方米，她说，"以后，你们家的粗活重活，蹬梯爬高，买菜买面，都可以交给我。"她的豪爽、痛快、义气、认同乃至轻信，溢于言表。沈卓然不由得给她鼓了鼓掌，啪啪啪。

　　初次见面，老沈略略一惊，他没有与这样雄伟的女性共处一堂过，虽然他本人，成人以后，尤其是改革开放以后，由于贪吃，由于后来的养尊处优，其实也并不算矮小瘦弱。吕媛一米七，老沈一米七一。吕媛七十五公斤，老沈七十六公斤。吕媛有房，一百二十平方米，老沈一百九十八平方米。吕媛的退休金每月七千二百元，老沈的退休金每月八千三百元。当然，老沈有稿费与演讲费，问题是吕媛也有。如此这般，当然老沈略胜一筹，却仍然感到了吕媛的某种强势。加上她的自信，她的嗓门，她的畅快与阳光，甚至她的姓名让老沈想起著名的《后汉书》中所记载的马援来。老沈觉得吕媛不是善茌儿。

　　她向老沈自我介绍，五年前她检查出了癌细胞，她进行了五次化疗，她奄奄一息，受够了罪，她的体重只剩下了三十九公斤，她女儿做主把她搬到了深山里，她喝完全不一样的水，吃不一样的粮食，吃山上的灵芝，她连墓穴与骨灰盒都为自己准备好了，她的前夫来与她永诀，结果，她好了，她战胜了癌变，她女儿救了她的命。她不但为自己重新赢得了生命与健康，她也为她就诊的省肿瘤医院赢得了卫生厅的大奖，院长已经提升为副厅级干部，当选了省人大常委。她本人去年参加了老年时装队、老年乒乓球队、老年国际标准舞蹈队，她被评为全国"抗癌英雄"。为此，她首先感谢她的女儿，是女儿鼓励了她，告诉她不要退缩，勇往直前。而且，从二十世纪八十年代，由于她的前夫的"不老实"，她与他离异以后，她一切靠女儿，与女儿相依为命。抗癌的成功使她有信心重建爱情婚姻家庭，生命在我，生活在我，幸福在我，在我的女儿。她现在一切的一切都听她女儿的。

老沈不能不赞美她的胸怀坦荡，她的透底阳光，她本来可以不说自己生病的情况，至少这一般来说不会有利于她与老沈的关系的进一步发展，但是她对生活是从最最正面的角度来思考的，抗癌英雄与战斗英雄劳动英雄一样，是她的无上光荣，她太棒了。

于是老沈请她们母女俩一起吃云南饭，显然，女儿认为他老沈合乎标准，饭后第二天，吕媛打了一个电话不等老沈确认，打了个"的"，就带着随身物品住进了老沈的家。

　　老沈的家从此变成了吕媛的家，吕的声音更洪亮，吕的主意更多样，吕购买各种过去老沈从来没有问津过的小食品小商品，从不商量，也不跟沈卓然要钱，或等着老沈掏钱，她自己有着大把大把的票子。日本带把茶壶、眼镜架、印度象鼻佛像、马来西亚胡椒糖、广西长寿乡香猪腊肉，把老沈闹得眼花缭乱，欲罢不能，欲停无术，了不起啊，她是真不把自己当外人呀。

　　吕媛如果晚生二十年，她也许会成为体育举国体制的另一项成果，她应该去从事女子拳击，乒、乒、乒，击倒世界女子拳击冠军米娅·圣约翰。

　　而现在她的冠军性格表现在她的指点江山上，她一会儿抨击省报的一篇报道标题不通，一会儿讥笑省电视台著名主持人读的别字……电视台名主持人将"士大夫"读成"shidafu"，而吕媛认为应该读作"shidaifu"，问题在于那个字多音，老沈拿出汉语字典来，说明"大"在这里读成"da"或者"dai"，都是允许的，只有在"大夫"当医生讲的时候，才只能将"大夫"读作"daifu"。结果他遭到了吕媛的痛击，吕媛跺着脚说："老天爷呀，原来你也念不准这个字！"

"'现汉'是国家语文委编纂的，你总得听国家语文委的呀！"

"国家语文委的乌龙多了，这些年他们改了多少字的读法写法了，屁！"

老沈受惊。他的这一百九十八平方米的房里，还没有出现过这样雷霆万钧的语势。

同时老沈也渐渐感到了吕女士的"二"与"糙"。洗完碗筷，厨房是一地水迹。冲完沐浴，卫生间到处水汪汪。打开抽屉，拿完东西，关上抽屉，仍然留上一道缝。

"你再多一毫克的力气就可以把抽屉关得严丝合缝了，为什么偏偏硬是不肯关好呢？"

吕媛仰天大笑，她说："这就是俺的风格啊，想俺吕媛，仰不愧于天，俯不怍于人，俺对得起你！俺女儿说了，沈伯伯是好人，妈妈你可以嫁给他！"

"可我没说要娶你呀，你女儿做你的主，也罢，你女儿并不能做我的主呀……再说，我也没有见过你这样的女人呀……"话已经说出来了，但是分贝不由自主地降下来了，吕媛根本没有听到老沈说话。最后，五天之后，老沈向吕媛摊牌：不希望"发展"得太快。他总算尝到发展过快不便的滋味了。

老沈终于受不了吕媛的喧宾夺主了。他决定说出自己的话。他说感谢她与她的女儿对他的肯定，然而他自己并没有想好。他说与她见面自然是可以的，请她们母女吃饭也可以，但是"我并没有邀请您搬进我家。我没有觉得感情到了那一步。您的主动使我感觉到的是被动。三天来，您与我同床共枕，我没有激情也没有要与您拥抱亲热的感觉，对不起。是的是的，您并没有打呼噜，您在床上也没有打嗝放屁，我说的不是那个。我只是说，也可能是由于我老了，老伴去世了，近三年不断地有朋友介绍我结识一些女性友人，都很好，都可爱，都有长处……但是我觉得是我自己把自己搞得很累很紧张，我相当疲倦，我已经不行了……"

吕媛的脸色变了，她说："我知道，就是那个小娘儿们儿的祸害！她是害人精呀，她是诈骗犯啊，她是艾滋病啊，你带她去查一查，我保证是阳性反应啊！"

十三

此话的出处在于，就是那天上午，连亦怜来了。

连亦怜说："我只是从您这儿一过，顺便跟您说一句话。我看到您这里有一位姐姐，我更踏实啦，您！您也甭惦记，我很好。我下礼拜二结婚，您知道咱们省的房地产大王李二虎吧，不，不是他，是他爹。他爹八十六，两米二的个子，得了中风，口眼歪斜。可是他喜欢我，他需要我，他拉着我的手不松开。李二虎给了我一处房子，还有一百万块钱。我不是坏人，我从来没有想欺诈谁，欺诈李二虎与欺诈您一样，没门儿！货卖与识家，物有所值。您是好人，您没有蒙过我，我也没糊弄过您。您知道吗，咱们这种岁数的婚姻，有多少欺诈，多少骗局，多少黑暗！一个老家伙，借了别人的房子假装他的房产，幸亏叫我查出来了，我没有上他的当。还有一个，拿假的银行储蓄存单给我看，我一看号就知道是假的了，我没有说破，不要逼得狗急跳墙，现在坏人不少，我们孤儿寡母不是坏人们的个儿……"

她讲了一点自己的故事。她是旗人。她妈妈是一位后来成了上流人物的格格的非婚生女。她太祖姥姥临去世的时候看出了一九四九年后国家的变化，她的遗嘱是她的女儿即亦怜的姥姥必须找一个根正苗红共产党员夫君，否则谁也不嫁。她的姥姥于是一直拖到三十二岁才结的婚，但是她二十九岁时与一个人好过，生下了她妈妈，却因为不符合太姥姥提的条件忍痛中断了这个婚事，把生下来的孩子即她的妈妈扔到了深山里。

几经周折，她与妈妈考证出了自己的身世，她们找到了姥姥，她没有想到姥姥冷酷无情而且振振有词，姥姥咬牙切齿地说："我对你没有母女的感情，也没有母女的关系，我的感情早已经被摧毁得一干二净了，这不是我个人的事，这是历史，这是沧桑，这是大时代的小小悲哀，不值一提。而且，我没有钱。你不要以为我当了外交官就有钱，不，没钱。我不能给你钱，你们出身于劳动人民的家庭，这就是我给你们的最大贡献，最好的礼物。我无情，我无情，我早就无情了，我的丈夫，贫农出身，老八路，外交官，又怎么样？运动一开始就斗垮了，他自杀了，我找谁去？你们踏踏实实，你们健健康康，你们到底还想要什么？"

……连亦怜说，她的要求很纯正，无非就是生存的保证，无非是生存权，无非是让儿子得到护理和有限的治疗。她儿子的疾病就是贫困造成的，她本来还生过一个孩子，因为供应匮乏得了更重的病，死了。她说沈是高等人，沈是大知识分子，沈是讲文明理想爱情道德的人，她对不起沈，她是讲穿衣吃饭尤其要命的是住房的人。"我很下等，我低层次，但是我不害人，我从来不说假话，我只求满足我与有病的儿子的生存需求"。

沈卓然掉了泪，这使吕媛大发雷霆。连亦怜走后，沈卓然才想，也许她姥姥就是他所不能忘怀的那蔚阆？能是这么巧吗？世界能是这样小吗？转来转去，像一头毛驴子，它转不出五尺见方的磨坊。

他暗自抱怨吕媛，您究竟是谁？您吃的哪一门子醋？您又优越个啥？他下了决心，当晚与吕媛摊牌。

吕媛听了他的话又羞又怒，她说道：

"和我在一起，哪个老朋友不说是你占尽了便宜？我本来是要与将军，不，是中将，再过若干年就是上将，我本来是要当上将军夫人的。总共咱们国家有多少上将，你知道吗？我舍了他跟了你，我哪一点配不上你……"

沈卓然后悔自己刚才说话太直白，对于女性，他的话打击太大，太伤人，他低头嗫嚅："您处处绰绰有余，您远远胜过我，不是说配不上，只是说俺配不上您，俺孱弱，俺不行，俺从小就怯懦，俺上对不起父母领导，下对不起子女群众，如今尤其对不起女朋友。俺没有什么希望，可别耽误了您……这几天您花了好多钱，我这里预备了八千块钱，您带上，八就是发，我祝福您！"

吕媛当然没有要沈卓然的钱，她拂袖摔门而去。

一周之后，吕媛给沈卓然来了电话，态度平和文雅，她缓缓地说："没事。买卖不成仁义在。我只是关心您，我没有任何其他的目的，但是我不放心您，毕竟咱们有咱们的缘分。您去一趟医院吧，我认识一位主任大夫，看您的病一定有把握，您有中度的抑郁症，您是性冷淡，您的内分泌有问题，您已经不男不女啦，您需要补一补……"

沈卓然唯唯诺诺，不住地称是，他相信吕媛打了整一周的腹稿，心里至少讲了二十次，把这几句话说出来才能活下去。正像连亦怜把财产视为生存的保证一样，吕媛的生存前提是把要说的话必须说出来，尤其要把他"已经不男不女"这个关键句刺刀见红地展现出来，这话说出来有多解气！舒服！他则诚恳地向吕媛表示，完全正确，他就是有抑郁症和性冷淡，他有问题，他不健康，他早就暴露了缺陷，他感谢她的关怀，他需要她的介绍，下周他准备星夜起床，排队去挂专家号，他准备购买高丽参、虫草、枸杞、鹿茸、鹿鞭、蚧蛤、鹿血、干桂圆、肉苁蓉……

他多么希望把自己补成原子弹啊！他这最后一句表决心的话没能说出来。他不能再说伤害女性的话了，一个男子如果连续说伤害女性的话，那个被伤害的女性，应该有权利使用冷兵器杀死他。

十四

吕媛的名字就此别过，其实吕媛挺好。女人都是奇葩，吕是力量型葩。连是周密型葩。聂是才智型葩。那老师是贵族型葩。淑珍则不仅是葩，淑珍是根，是树，是枝，是叶，它提供荫庇，提供硕果，提供氧气，提供生命的范本。没有奇葩，这个世界将会窒息。没有奇葩，一切是何等的乏味，生命将会是何等的干枯和重复，人的定义将会是何等的单调与空洞：一种两条腿的，需要吃东西，并把食物变化为黄褐色软棍状恶臭物质的，生下来就注定了要嗝儿屁着凉灰飞烟灭的动物！

与女性奇葩相比，男人，臭小子，臭男人，头脑简单、自我中心、贪婪拙笨、粗野凶霸、好勇斗狠、自以为是、侵略扩张、无情无义，有时候又是拘拘谨谨、鼠目寸光、哆哆嗦嗦、呆呆木木，有什么好！男人最多知道个一三得三，三八二十四，女人却知道三三十三点，六六二百五，七七巧没个够。男人只知道云沉了下雨，雨下了出小苗，女人却知道有没有云，天上都能下鲜花，下馅饼，下神仙也下玉面狐狸精与她的情人牛魔王！

那么，他上学时候已经不能释怀的那老师，究竟后来这几十年怎么过的呢？老沈设想了无数版本，升一级再升一级。如果她当真就是连亦怜的姥姥呢？没落的贵族、垂死的优雅、空荡的羽毛、渐失的体面、或有的机遇、必需的灾祸、少女的失身、无情的了断、恐惧与毁灭、手段与谋略、拐点与难点、坚忍与厚颜、顽强与美丽、阴冷与克制……为什么老沈，不，小沈要想起她来呢？为什么对她念念于心？一日为师，终生为母。一日入梦，梦中的情人。她如果还活着，也已经年近人瑞，俱往矣，我们曾经年轻过，活过，只是当时已惘然。她应该已经，不然是即将安息，极乐，她应该早已平静，她应该早已神佛，安息吧，可爱与可怜的那老师和她的女儿，或者是不被接受不被承认的女儿，还应有她的不被承认、不被接受的女儿的女儿，与他睡了几觉的，不一定是她的外孙女，其实是不是外孙女并没有必要弄清楚，是就是非，非也是是，有也是有，没有也是有的人生奇葩们啊，我爱你，我爱你们，我不配爱你！

渔阳鼙鼓动地来，源源奇葩动地来，黄尘清水三山下，更变奇葩如走马。奇生奇，葩生葩，奇葩还将扣响沈卓然的家门。

……

一个自称三十九岁的女孩子，穿着浅色套头衣与咸菜色瘦腿裤，梳着男孩子式的三七分发型，扭动完美的苗条身躯，背着一个大书包，一见沈卓然就用恰到好处的湘妹子口音说："沈兄，我是送货上门来了！"

她开出一系列名单，张书记、李领导、周秘书、王主任、赵校长、邢老师、冶局长、郅先生、徐总经理、邵台长、衣制片人、于经理、劳作家……她的手机上显现着他们的电话，他们都是沈卓然最信得过的好友，但是她不希望由他们来介绍。介绍？笑话！谁介绍过芳汀与珂赛特给冉阿让？谁介绍了茶花女给阿尔弗莱德？又有谁介绍过契诃夫的"带小狗的女人"给德米特里·德米特里耶维奇·古罗夫，在至今多事的克里米亚的雅尔塔镇？

"就是王宝钏的彩球，也比如今的介绍更火爆！"她发挥说。

"我觉得我到您这儿来，不用介绍。"她无比自信、先锋、潇洒。

　　"我听过您的讲课'……茂陵刘郎秋风客……三十六宫土花碧……忆君清泪如铅水……'您讲得太好了。我更喜欢听您讲李商隐，'红楼隔雨相望冷'与'从来系日乏长绳'……"

　　新出现的，对于卓然来说全然是少女型、新潮型、"七零后"型又是洞庭湖型的乐水珊，她的比奇葩更奇葩的启动方式取得了很大的成功。她证明了自己，她畅谈李长吉与李义山，正中沈卓然的中脘穴。正在迅速衰老的沈卓然立刻感觉良好了起来，他的脸上出现了甜美的笑容，他的双目开始放光，他的嘴角变得柔和轻快，他的咳嗽马上停止，他的眉头立即舒展，他又加上了自己的体会，他说：

　　"隔与冷是李商隐笔下的雨的特点，这与其说是由于雨不如说是由于他的心情。而他的心情平心而论，与其说是由于他的遭遇，由于他在牛与李的党争之中站错了队，不如说是由于他的脆弱，脆弱的另一面是敏感，敏感的成果则是艺术，艺术透露了脆弱却又治疗着脆弱，因为有诗词的美，语言的美，悲哀的美。消灭对于美的感觉比消灭一支部队还难。一个人，即使是老死的时候，垂死的时候，如果想到他应该死得绝美，死就不那么可怕了，他就开始战胜死亡了。

美成为抚摸也成为解释，成为旋律也成为节奏，成为小心翼翼也成为浩浩荡荡，成为弱懦也成为骄傲。你难以摧毁一个诗人的心，你难以摧毁一首诗的结构与构思，你甚至于摧毁不了一个句子。三军夺帅易，匹夫夺志难，夺美夺诗更难，原来的黄鹤楼早已坍塌毁灭，有崔颢与李白的诗黄鹤楼就永垂不朽！人们对于美的感觉更个人也更隐蔽……"

奇葩自称名乐水珊。她强调说，她是湖南人，湖南人被称为湖南骡子，她有自己的牌理，从来坚持做她自己。她喜欢老年人，她这二十年接近够了浅薄、暴躁、愚蠢、幼稚、来如阵风，去似一个出溜屁的小伙子。她觉得老头远胜臭小子。她觉着老人就是一首诗，老人就是文化，就是传统，就是内涵，就是古器的光辉，就是惊人的苏格拉底脸上的皱纹，好古敏求。三下五除二，干脆说，她愿意成为沈卓然的伴侣，老人就是马克思的络腮胡须。她愿意爱沈老师，服侍沈老师，爱抚沈老师，陪伴沈老师，直到明天，直到明天的明天，直到终极，直到另一个世界……她没有任何要求，她没有任何计划，她没有任何条件，只是在沈老师得便的时候希望与他老谈谈唐诗宋词……

"张书记、李领导、周秘书、王主任……您给他们打打电话，他们都了解我，他们说我爱学习，有智慧，有前途……没什么，我辜负了他们的厚望，我现在的单位是大元文化发展公司，我们的董事长是于书记的儿子……挣够了钱，我有兴趣的是研究中国古典文学。我没有经济问题、作风问题、纪律问题、和谐问题……各种各样的黄色、白色、黑色段子，我不看也不转。这又有什么奇怪的呢？有各种各样的人，有的人即使带着身份证和介绍信，即使有您的老领导给你打电话，他仍然可能是坑害你的骗子。有的人即使与您同床共枕一百天一千天一万天，您仍然可能摸不着她的底细。有的人即使您把他选成了高官英模，您仍然想不到此后哪一天他会原形毕露，成为一条断了脊梁骨的癞皮狗……有的人，就像辣椒一样灼热，像阳光一样光亮，像珠玉一样圆润，像李白一样性情，像我一样天真直率清明痴迷。"

　　如此这般，乐水珊当天就住到了沈卓然家，就与沈卓然睡在了同一张床上。当然，她睡得晚了一些，她上床的时候沈卓然已经鼾声大作，虽然并没有什么其他亲热，老沈这个晚上仍然睡得分外踏实与喜上眉梢。乐水珊好像轻轻拍了拍老沈的脑门，摸了摸睡眠中流出了些许口水的老头子，又轻推了沈卓然一下。沈卓然感觉到了，他抱歉于自己的鼾声，又幸福于少女的手掌轻抚轻摸轻推如天使。蒙眬中他觉得乐水珊的手相当粗糙，这是劳动人民的手。当然，安琪儿再次降临喽！老沈幸福得呻吟了一声，眼角沁出泪珠，就像重温少年时期春梦。尽管幸福满意得欲死欲瘫欲飞欲散欲随风飘去，沈卓然并没有振奋张目雄起。经过了一番超强度历练，特别是经过了聂娟娟教授的非人间的非此岸的超度点燃与提升引领，再经过吕媛的临床诊断与义正词严的黄牌警告，沈卓然一年前已经不灵了。该有的老化退化反应，三高三低，硬化弱化，增生脱落，他哪样也不缺少。他失去了不用伟哥，胜似伟哥的豪迈了。人生易老，光阴无情，门前河水尚能西？休将白发唱黄鸡！诗词是救不了您的啊！

十五

安琪儿的降临果然带来了新气息。乐水珊嘴里哼哼着英文歌曲，嚼着日本纳豆，拨拉着莫扎特巧克力球，有时甚至是嚼着槟榔，唱着曾因汉奸罪长期服刑的湖南老乡黎锦光作曲的《采槟榔》，不停地拨着听着写着最新款的S5三星手机。虽然看不见与小乐通话通信的对方，也听不清时不时飘到老沈耳朵里的小乐的话句，但是家里出现了杂货店加电话间加小吃店加文化站加卡拉欧开歌厅包间的混合气息。而小乐与手机在一起时的表情，嗔怒、喜笑、逗趣、欣然、嗲娇、摇头、翻眼、吐舌、错齿、噘嘴、挥手、转身、鬼脸，像在演戏，像在考电影学院的表演班，像在走舞步，像后现代的有中国特色的东方芭蕾，给老沈家带来了无数新一代的生活、动感、气息。

也带来了完全不同的生活习惯，铺天盖地的零食休闲食，各种各样的半制成品，速冻饺子、包子、馄饨、元宵、汤圆、肉夹馍、咸鱼夹烧饼、三明治、比萨、馒首、火烧、速食面条、米线、河粉、肠粉，还有各种的豆、各种的球、各种的片、各种的脯、各种的脆、各种的颜色、各种的味。老沈的家一下子就欢势起来了。

老沈家里有一架国产星海牌钢琴，原来是小孙子学琴时用过，那永不复返的黄金时代，那时家好月圆，三代人团聚一堂，其乐融融。然后，它沉默着成为沈家盛世的纪念。小乐的到来使之时或响出两声《少女的祈祷》《致爱丽丝》，后者由于成为太多的人的手机彩铃，已经使国人的听觉器官饱和膨胀欲呕。老沈懂得有些成功给真正的艺术带来多么无解的灾难，就像百分之百地大获全胜会给帝王、将军、学者、作家、斗士、宗教领袖、奥林匹克冠军带来奇祸一样。他走到正在弹琴的小乐那里，向她摆摆手，示意她停止她的节奏不精准、琴键发声也已经失常多年，而小品曲本来精彩，因精彩而普及到令人难以忍受的催吐弹奏。

乐水珊果然很乖，吐了一下舌头，停弹，关上钢琴盖，抱歉地向老沈乖巧地一笑，站起，走开。

老沈想起了儿子儿媳在，孙子在，尤其是淑珍在他身旁的幸福时光，泪眼婆娑。不，他已经得不到多少真正的幸福了，太阳落山明朝还会爬上来，花儿谢了明年还是一样地开，我的青春一去不回来。孙儿当年的钢琴无论弹得多么混乱无序，他得到的是天伦的快活，是幼儿的朝气蓬勃，是祖孙三代的连续与整体感。小乐呢，她弹得哪怕能直追郎朗，他得到的却是好景不再的永远的失落唏嘘。失落了的熨帖是泼出去的水，找不回来喽，您老！

他渐渐发现了一点蹊跷。小乐做饭马马虎虎，速食半成品，微波打一打，开水泡两泡，给他端了过来。她自己想吃尝两口，不想吃干脆只给自己的炊事成果一个美好的笑容；然后把剩饭倒入专门的厨余垃圾袋，她在垃圾分类方面做得很先进科学，潮。

小乐每晚最快乐的事情就是打发他上床入眠，给他倒一杯开水，给他放好纸巾，给他整理好被褥与枕头枕巾，不厌其烦地帮他吃完降血压血脂与补钙补维生素E的保健药物，相当殷勤地推荐他吃一到两片马来酸咪达唑仑俗名多美康片，说明这种药如何先进，如何她听说过，许多他们敬爱的首长与大师，人大代表与政协委员，书记与主任都吃这种药。

有时候老沈本来没有想吃安眠药，看到小乐那天使般的笑容，听到那入情入理、温柔敦厚的语句，轻柔磁性、如抚如击的声音，感受到了乐水珊的人气人息人温人和人力人意，他觉得小乐劝他服用的不是化学药片，而是关怀，是仁义，是温柔，是二十一世纪的科学与人文前景，是生命的安慰与将息，是男人的干枯最需要的滋润与浇灌的露与雨。

在他服用多美康的一刹那，他好似看到了小乐的一种调皮与得计的表情，这个表情使他微微地不舒服了一下。他在乐水珊的注视下闭上了眼睛。

凌晨四点未半的时候他醒了过来，他想起了一个词，叫作"控制"，"精神控制"。他觉得自己吃了一颗苍蝇。他发现小乐睡得十分克己，只占用了两米宽的双人床的一条边缘，他不能不明晰，这个年龄比自己的独生子还小一岁的孩子，其实离他很远。

从此他断然拒绝了睡前服用多美康。他有意无意地注意起小乐的生活规律。他逐渐发现，正是在他一般情况下入睡的晚十点半钟以后，小乐的真正生命活跃了起来。各种电话绵延不断。他隐隐约约地听到她那里讲的话与生意有关。她有时讲英语，她有时讲的应该是西班牙语，她有时讲广东话与闽南话。她会不会是间谍？他打了一个激灵。

他甚至于一天假装想吃药了，假装早早地入睡了。然后他悄悄起来，走近小乐打电话的那间书房，他听到了各种商业用语。有趣的是，虽然他多次提醒小乐电话应该优先使用声音质量信号优良而收费低廉的座机，小乐非常"自觉"，她坚持只用她自己名下的手机三星S5。

一周以后，他得出结论，当然，不用心怀侥幸，事实如此，事实无情。小乐到他这儿来的目的是寻找一室写字间加半室临时住房，她是一个胸怀大志的犟骡型湘妹子，其实，成为当下中国的成功人士的外部条件，她是一点点也没拥有。但是她具有常人没有的智力与决心，敢于采取常人不会采取的手段，走与众不同之路，她的目标是成为中国信息产业与文化产业的巨鳄巨星。沈卓然不能不为她的精彩绝伦而鼓掌叫好，沈卓然不能不为她的狡诈与自己的想入非非而老泪纵横，惭愧无地。

他沈卓然在发妻死后，做的是引狼入室、引狐入室，哪怕是引范入室、引仙入室，转眼间发展到招商引资、招标融资、自由行、众奇葩百花齐放、登堂入室的地步了。他彻骨地悲痛起来。

"……无边落木萧萧下，不尽长江滚滚来。万里悲秋常作客，百年多病独登台……"这是老杜的诗。多么贴切啊，只消稍动几个字："无边落木萧萧下，不尽奇葩滚滚来，万事悲摧犹忆旧，百年期至叹何来？"

他还想把开头两句"风急天高猿啸哀，渚清沙白鸟飞回"改成"雾重天低悲厚霾，山荒猿走鸟无回"，最终还是放弃了这消极的话语。他接受孔孟的教导，要把握的是：乐而不淫、怨而不怒、哀而不伤。

次日，他裁下一张十六开宣纸，用京东网售的自来水毛笔将他前面胡写胡改的四句诗写了下来，约了乐水珊到附近一家湘菜馆吃剁椒鱼头、炒干豆角和吉首酸肉，还请小乐同酌了两杯湘泉厂出的"酒鬼"酒。他与乐水珊聊了一回画家黄永玉与他构思"酒鬼"包装的经过。他拿出他胡改的诗页说是送给水珊做纪念。小乐只惶惑了半分钟，说话也有点走神，她立即回过神来，表示感激沈卓然老师对她的创业维艰的支持，她明天九时半以前一定离开沈家。她还掏出八张百元钞票，表示这是她对八九天来在沈家的炊费的小小感谢。

产生了极大的争执，双方互不相让，也就是双方互让，绝对不妥协。老沈急了，急不择话，说："你还干了那么多活，你还花钱给我买安眠药，你还侍候了我，你还自费买了那么多糖豆儿……"

第二天早上，八点刚过，乐水珊不听阻拦，清扫干净了沈家以后，撤退得干干净净。次日，沈卓然收到水珊邮汇来的八百元汇票。这事使沈卓然心乱如麻，全身刺痒疼痛，后背上出现了许多疙瘩，只觉腰背的皮肤已经不长在自己身上，只觉后背扣上了一个疙里疙瘩的牛皮革盾牌。盾牌上金属浮雕一样的疙瘩们，几乎失去了对于他的手指搔动的感觉，只有疙瘩内部的一股火烧火燎在困扰着他。

十六

开头，沈卓然以为自己患的是荨麻疹，过去，他很得意，别人读不出"荨"字的正音，说成什么"寻麻疹"，而他读成"前麻疹"，很有些上过大学，读过中文系，知道"荨"字有不止一种写法的优越感。但不久前，国家语言文字工作委员会以一不做、二不休的气概决定，干脆以国家的名义宣布将错就错、约定俗成，"荨"干脆不念"前"，而念"寻、旬、循、巡、殉、荀"了，他差点没晕倒。

他以为是荨麻或前麻疹，他以为是吃剁椒鱼头吃的，他以为湘菜太辣，不适合他这种老年人，就像生气勃勃的创业大干型不到四十岁的湘妹子不应该使他色令智昏一样。有女如荼，静女其姝，湘女奇葩，衰男其误，他怎么丢人丢到了这步田地！

他还有点低烧，他去看了急诊，急诊大夫只有内科，病人自述说自己由于吃辛辣菜肴得了荨麻疹，还似乎有小的感冒，他过去也患过这种病，他的皮肤属于过敏型，他需要开脱敏药、助消化药与中成药"连花清瘟胶囊"。他甚至于没有让医生看他的后背。由于他的年龄的增值作用与他的小有社会地位，医生对他百依百顺，稀里糊涂把他打发回家了，回家后他的后背后腰变成了硬甲了。

又三天后确认是病毒性带状疱疹，长在背上，正是典型的民间所言"缠腰龙"，北方名龙，南方称蛇，毒蛇缠腰，疼痛钻心，不能入睡，不能咀嚼，不能咳嗽，不能行动，连医生都说，发现得太晚了，他的反应超出了常人。

这也是奇葩。缠腰龙是病毒疾病的奇葩，他的主观主义、自以为是、不懂（医学）装懂，也是老头子的奇葩！

甚至在他病得求死不得、求生不能的状态下，仍然有新老友人同事领导老乡亲戚来找他这个钻石王老五提亲。提出的对象有退休的驻外女参赞，有专练软功的获得过巴黎杂技奖的老杂技演员，有说话尖刻的涉嫌口头异见人士，有混血儿，有老年间劳模附传媒报道资料。他几乎是哭着求饶，他说他要登报声明，年老体衰，谢绝黄昏爱恋，他准备写血书拒绝任何关心，他的血书数据化摄像后，准备在微博上发布。

还有当年做讲座时结交的电视台一位好友，邀请他参加电视相亲节目"为爱向前冲"与"我们约会吧"。关于他的种种传闻，已经使他在公众中树立了风流时尚的形象。当然，与他的经验相比，约会吧，太保守，往前冲吧，太夸张。如果爱，就住过来吧，这才是他的经验，未免放肆。其实，住过来就住过来，连"吧"字都根本不需要。伟大祖国，已经何等进步了啊！只有几个海外华人，还对伟大的步子嫌慢呢。

"缠腰龙"干了他一年，他搞得精疲力竭，身心俱疲。他又搞得若有所得，精神世界进入了新的制高点。在急剧衰老的混乱过程中，他记得有一次自己似是收到了那蔚圊的讣告。他哭了一场，却在事后再找不到讣告了。他仍然坚信他的对于收到讣告的印象是确凿的，合乎逻辑的，认真的，靠得住的。那么聂娟娟呢？她的讣告会不会寄给他？

他做了决定，不但委托儿子，而且委托本单位的老干部处，在他沈卓然死后，不要忘记给连亦怜女士、聂娟娟女士、吕媛女士、乐水珊女士发送讣告。

他给各朵奇葩定了位，连亦怜是画中人，聂娟娟是神仙，吕媛是英雄，乐水珊是先锋前卫。还有那蔚圚是骊山圣母，老母，梨山老母，要不就是瑶池的王母。

在思考"荨麻疹"与"前麻疹"的过程中，他谴责自己，吕媛对语文委的不敬，他也不是没有过。关键是，他们都老了，他们常常活在昨天，他们习惯了怎么念怎么写，可别人不是这样的习惯了。这也是"无可奈何花落去，似曾相识燕……"归来还是没来？

他给连亦怜写了一封信，询问她是否可能正是那蔚圚老母的外孙女，还有是不是她的外婆于近日离世，她外婆的治丧人员是否给他发了讣告。他没有得到回答，但是他的感觉是，他已经洞察了一切。

在他与淑珍结婚五十八年，淑珍逝世六年的时候，他到了淑珍墓上，他惊异于死神的运转效率，原来刚刚开发出来的大片备用空地，转眼间满堂满座地成为过世者们的集合家园。沈卓然费了老大的劲才找到淑珍的墓，其实五个月前他还来过。五个月后不但增加了墓主墓碑，而且改变了道路格局，以增容扩用。沈卓然痛哭流涕。他说：

"我不是坏人，我绝对不会做对不起你的事。在你的有生之年，我有男人的纯生理反应，我有过一闪而过的念头，而已。但是我从来没有过认真的对于女人的深入体贴与关注，我从来没有用私密的、密不可分的眼光向着哪位动人的女子讨答案。

"但是要了解人生，不能不了解女人，不能不多了解一点女性。我不能怨她们，她们都有她们的理由，她们都有她们的精彩，她们也都有着太多的痛苦与想说而完全没有说出的话。她们的问题永远无解，与女权主义，与普世价值，与后现代完全无关。她们都是耀眼的奇葩，她们是对生命的奖赏，是给所有男性的热情的拥抱与响亮的耳光。她们也可能有刺、有毒、有假。她们都有自己的可爱。同时，除了你，再不会有什么奇葩与我枝结连理。

"无论如何，她们是干净的，比男人更好些。她们也更注意洗涤，手、身体、脸与下体与情感，她们的干净使我看到了历史的进化，我并不悲观。

"但是她们当然不属于我。不是她们对不起我，是我对不起她们。我已经成型，已经定影，已经保持得太久太久，已经充满了排异排他性，已经没有接受新的生命元素的可能。我这种平庸的，羸弱的，渐渐衰老的，生活在昨天的孬种，无法适应源源而来的奇葩们的纷呈异彩，异彩就是冲击与推进。我的生命正在靠近尽头，我已经无力接受新的奇葩的拥抱与贴紧。

"我仍然感谢上苍，感谢淑珍的平常心的无法战胜的力量。弱水三千，我只求其一瓢。奇葩三百，我珍重其缘分之一次。感谢晚年俺与绚丽奇葩们不平凡的邂逅，使我老而弥喜，弥丰，弥奇，弥色。感谢她们让我了解了更多的生命的奇妙与人生的滋味，特别是女性们的百态千姿，啊，每一个女子不分老幼，个个皆是风情万种，套路千般！多么丰富啊，我亲爱的奇葩们！也感谢当初给了我奇思妙想的那老师，没有圣母的领路，哪有此后的幸福！

"请允许我用男人的名义向所有的女性奇葩们道歉与忏悔。敬礼，奇葩们！何必言原谅，用不着太瞧得起我们就够了。我们其实不配接受你们的美丽与温存，细心与关爱。我们迟钝，我们自私，我们粗糙，我们自以为是，就像我明明患的是带状疱疹，而偏偏自以为是荨麻疹一样，还以为众人皆浊而我独清，众人皆误而我读音正确得很！我耽误了自己，我伤害了旁人，是我无面目对江东姐妹，无颜面对天下奇葩。而没有了奇葩，臭小子们有多么恶心多么贫乏，呸！

"世上有好人与坏人，有粗人有细人，有聪明人有傻人，有善良人与狞恶人，尤其有一种最最煞风景的人，叫作无趣的男人！上苍保佑我们与无趣者们距离远些再远些，上苍尤其要护佑女人们永远与无趣的他们脱离接触！

　　"生活万岁！爱情万岁！妇女万岁！奇葩万岁！奇葩奇葩我爱你！我怎么搞的硬是配不上你……"

　　他俯倒在淑珍的墓碑前了，天旋地转之中他感觉他见到了淑珍，接着拉住淑珍的手。在淑珍走后，他多次盼望与她梦中相逢，莫非他已经进入了好梦？一切都与六年前一样，与十六年前一样，与永远的青年时代一样。

　　他知道淑珍已经与他天人相隔，同时他分明觉到，淑珍的手仍然那样温暖，柔和，亲切。他们俩笑嘻嘻地一同说：

　　"很有意思。"

　　他笑着，笑着，渐渐拉着淑珍的手飘浮而起。

仉 仉
zhangzhang

那年他二十三岁。那个礼拜天刮起了大风，但是天晴朗得爱死人，因为是深秋，或者更正确地说，是初冬，那天立冬。柳条刮得大把大把地歪来倒去，死去活来，难以自持。杨树上的黄叶纷纷飘扬，摇荡起舞。他决定要顶风去大湖公园。人生能在空明澄静的状态下游几回湖水、石桥、大公园和入冬的风？他悄然觉得，再没有几天树木会变得光秃秃、瘦棱棱，一片茫然。然后是连续五个月的冬的萧条与沉寂，除非有朋友带他去羊汤店，那里的汤锅，永远是繁花似锦，如火如荼。

　　后来他知道，慌慌张张的是他，不是落叶。立冬一个月了，树叶仍然没有落光。

　　那天早晨已经醒过来，时间过早，勉强自己再睡下去。渐渐他看到了炕上的自己变成了一个人头，金色的，欧罗巴型，只有头。既不恐怖，也不忧伤，而且他想到了一个雄浑的名字：约翰·克利斯朵夫。

　　人头变成了一本形状不太确定的书，不确定的一本或一些本。梦见了或者没有梦见，只是事后才想：可能？或者应该？看见还是不可能看见？

做了还是只是想着做了？虚？实？真？假？羞惭？无愧？

不，不是说那个人头砍自约翰·克利斯朵夫，也与书作者罗曼·罗兰无关，他后来长久想不明白为什么别的孩子只知道王二小、李逵、关公还有陈世美，而他会想起来一个其实也是极其模糊的约翰·克利斯朵夫，姓不姓，名不名，谁不谁。是他起床以后才明白了罗曼·罗兰。"赞美幸福，也要赞美痛苦"，法国大作家这样说过吗？想起罗曼·罗兰，这位实在不像"老革命"的二十三的老革命激动得喘不过气来。在金色而且模糊的头颅缓缓颤动的时候，他清醒地觉得自己是重新睡着了。如果他清醒，他不可能看到一个美丽头颅的旋转。如果他睡了，他不可能掂量头颅变书的真实性，也不会有能力判断自己的眨眼，乃是处于睡与非睡、醒与非醒的边界线上。少年时代他常常睡不好，他挣扎于红缨枪和文学、月光与青纱帐、地瓜与大黄米地头。

他知道他很早就是儿童团员了，并不明确自己是党员，也羞愧于自己寒碜的木头枪上没有拴红缨穗。

五年前被选拔上外国语大学以后，村支书给他开介绍信，让他填了一张表格，上面赫然写着李文财，一九四四年入党。他觉得"财"字不好，临时更名李文采。他喜欢这个采字，这个字有几分文学。过了很久，他才明白自己是十三岁零三个月的时候入的党。他记不太清楚了，他到底是哪一年生的，也说不太好。他生活在老解放区，日本没投降，他家乡就解放了，他没见过国民党，他成天参加共产党的会议和学习，唱共产党的歌儿，只是他不会扭秧歌舞。

　　外国语！你该死的外国语！可能是村支部发现了他炕头上摆着几大本以洋人名氏命名的厚书，想到了应该培养他做外交官。他们村历史上出过一个大官，代表清朝皇帝到琉球国封王，他抬着一块匾，上写"如朕亲临"，他代表的是大清皇帝。大官的后代是恶霸，已经判处了死刑，应该是就地正法。恶霸家里有外国文学书的译本，没有人读，他读，一接触就如醉如痴如喝了糊涂汤。

　　到城市上外语学院后，他发不出卷舌音，看到别人嘚嘚儿的哆嗦舌尖儿他哭了。更发不出小舌音，他练习得作呕，据说只有呕吐的时候他的发声才是对的。他始终不会发没有辅音的元音U和I。幸亏他有个少年入党、抗日战争时期的老革命的身份，他没有等毕业就调到了党委工作。

他从小迷上了外国文学，在他们那里远近百公里，再没有第二号。是外国的，是文学的，他就迷，他看一本迷一本，即使还没有开始读，他已经崇拜得五迷三道，泪眼蒙眬。他的感觉是外国文学能够催人生，能够催人死，能够催人勃起也能够给他一个透心儿凉。他觉得他就是约翰·克利斯朵夫。与约翰·克利斯朵夫一样，早早地就有双亲为他寻找女性的身体，逼着他十七岁娶了媳妇。读了《复活》他想来想去他绝对就是聂赫留朵夫公爵，如果不严加管束，他无法设想他这一辈子可能糟践多少身穿洁白连衣裙的卡捷琳娜——玛丝洛娃。如果没有文学，一个个臭小子该有多么硬邦邦地丑恶，多少花一样的女孩会被他们玷污蹂躏刺穿。他读了点雨果，一会儿觉得他是从小偷变成圣徒的冉阿让，一会儿觉得是呆板凶恶的警察杀（沙）威。因为他读《悲惨世界》的感想竟然是：当杀威毕竟比当冉阿让痛快出火得多。他甚至想到，人生一世，没有比做好人更窝囊的事。他为自己的肮脏乖僻无地自容。然后在《红与黑》里他是于连，一干干娘儿俩。在《双城记》中，他是草菅人命的侯爵，也是被迫害成精神病的医生曼奈特，动不动他钉鞋，他吓得喊出了声。还有时时结绳记下阶级的也是全家的血海深仇的德法奇夫人，叫作苦大仇深啊，他更是德法奇夫人准备着灭门的仇家。然而，读了法捷耶夫《青年近卫军》以后，他惊骇地发现，奥列格、邱列宁、邬丽娅和刘巴，自己哪个也不是……然后他发现，他连《少年维特之烦恼》里的维特也做不到，不是做不到因失恋而向自己的太阳穴上砰的一枪，而是他没有恋，没有恋则欲失不能；却有一个能够屏蔽与压倒他，却实在引不起他多少激情的大媳妇。结婚的收获是加深了对于黄皮肤与肉气味的认知。没有恋就没有一切，连"烦恼"、"惆怅"、"彷徨"与"辗转"也未曾拥有。干脆说他找不到自己应有的苦闷、伤痛、忧郁。我亲爱的高雅的温柔的少妇影子般的忧愁啊，您在哪里？他负面的经验只有长疖子的痛与长针眼的胀，与轻度痔疮。

其实他爱的不是哪一本外国文学书与书里的哪一个人，他渐渐明白，他爱的是外国文学书籍的气息，是嗅觉，尤其是封面与封底、油墨与纸。新华书店里的外国文学书籍有一种特殊的激活鼻孔的神秘元素。当然与羊汤铺、火烧店、豆腐脑挑子、酒缸的气味不同。那时候没有酒吧，只有酒缸。进门就看到了一个或者一排大缸，用提子打散白酒，缸边上有两三张桌子，光秃秃的木椅子，卖一点咸鱼、豆干、五香蚕豆。关键在于，外国文学与中国文学的气味也不相同，巴尔扎克《人间喜剧》的油墨、封面与纸张，绝对与《家》《春》《秋》《骆驼祥子》不同，与《唐诗三百首》《古文观止》更不一样。甚至于，西欧北美作家的书也与苏联图书气味有微妙的差别，别人不知道，仉仉知道。

欧洲文学书，翻译过来气味与它的人物一样强烈，像酒非酒，像"四合一"香皂，像龙涎香，像强奸犯也像火枪手，像拳击的猛烈，也不无多毛的老娘儿们腋下腺体味儿。

调入院党委得到工资，他用当时的天价三元多钱购买了一本精装厚笔记册，册子里有绘画插图与作家名言。我吃的是草，挤出的是奶——鲁迅。这世界要是没有爱情，它在我们心中还会有什么意义！这就如一盏没有亮光的走马灯——歌德。他在上面题了字：文采心波。他开始了自己的文学写作生涯。他信笔由缰，磕磕碰碰，东拉西扯，咕咕哝哝，诗诗文文……这个时候，神秘的神祇来造访了。

她名叫仉仉，开始他以为是叫唧唧。她梳着男生式小分头，同学们说那是卓娅·科斯莫杰扬斯卡娅式的发型。她面孔白皙，大眼睛目光炯炯。她的形象既有女生的机敏叫作鬼机灵，又有男生的清爽叫作英俊峭拔。她是新生，两个月后就当了学生会主席。她的女而男的魅力无与伦比。她的父母据说是极特殊的人物，虽然那时候谁也不在意谁的父母是谁。有一位学生会的文体部长父亲是著名的本地军统头子。

是她到校党委来办事的时候说李文采的办公室里有外国文学的气息，先说到味儿，后找到了书架上的梅里美小说译本《卡尔曼》与《高龙巴》。仉仉告诉李文采，卡尔曼在歌剧里普遍译作"卡门"。

说起对于外国文学气味的体认，仉仉声音低柔而又凶猛，婉转而又憨厚。李文采从来没有听到过这样的兼具男生与女生伟力的嗓音。

李文采代表学校党委去参加学生会那一年举办的"'和平与友谊'诗歌演唱朗诵会"。头一个节目是俄语系同学的小合唱《喀秋莎》。第二个节目就是仉仉朗诵与歌唱德语民歌《勿忘我》：

      Blau blüht ein Blümlein

      Das heiβt Vergissmeinnicht

      ……

德语唱完了她用汉语朗诵：

有种花叫作勿忘我，

开满了蓝色的花朵。

你呀朋友，请把它佩戴于身，

愿你能当真，牢记赠花的我。

有什么法子，鲜花总要凋谢，

美梦也会，一个一个地破灭，

只有爱情，我们俩相依相爱，

永远如初，永远是那样真切。

仇仇上台，聚光灯打开，她的脸孔光洁纯净，她绷着令你想起卓娅就义的脸。满脸的严肃仍然驱不尽笑靥里的善良天真，她的亭亭玉立使李文采心怦怦乱跳。开口出声了，满溢的热烈，些许的嘶哑，毫无保护的孩子般的纯真，面对法西斯野兽毫不惧怕……她唱了德文，她朗诵了中文，她的小蓝花，她的卓娅，她的德意志民歌，她的心声，诉说得好苦、好甜、好梦幻、好云彩，好大的西北风啊。她的声音是低语也是呐喊，是喁喁也是忽忽，是大火也是微风。李文采一阵子自以为听到关于她的窃窃私语：

她是学俄语的啊，她怎么会讲这么好的德语？除非她幼年是生活在德国，她是从德国回来的？西德？民主德国？或者是社会主义阵营绝对不承认主权属于西德的西柏林？不知为什么，像一阵阴风，李文采想，如果她是从西柏林来的，她会不会是美国中央情报局与西德阿登纳总理联合派来的间谍？晕，晕，晕……李文采晕过去了。

临床诊断是房性心动过缓与疑似心脏神经官能症。

然后李文采陷入了前所未有的痛苦。他的生活，他的经历，他的处境身份与他的对于文学尤其是外国文学的糊里巴涂的迷恋，他的已经三年未见的勤劳泼辣胴体通黄的媳妇与他的平生第一次晕眩，他对于仉仉的各方面的全然不同的印象，已经将他撕成好几瓣。第一，仉仉是不是西方的间谍？第二，他是不是有着强烈的奸淫仉仉的动机？这两个问题让他万分痛苦，此生的第一次认真的痛苦。

他们的家乡管商鞅受到的车裂之刑叫作"大卸八块"。他认定的是，他正在大卸八块，也许是十六块……他不知道是哪儿错了环儿，是脱臼也是裂缝，是爆胎也是滑扣，他已经是一个叛徒：他是父母的、妻子的、文学的、家乡的、八路军的、儿童团的、党支部与学院党委的、革命的、外语的、学生会的与约翰·克利斯朵夫的叛徒。

他在那个刮大风的礼拜天，在金色头颅带来的不安中，怀着对于春夏秋季节的恋恋不舍，慌慌乱乱地去到了大湖公园。其实是小小的湖。小湖里翻滚着大浪，他想起鲁滨孙、哥伦布与麦哲伦的航海。大浪使他走在公园的石径上，也感觉到了地表的起伏。夕阳使桥洞明暗庄严分明峻厉。西风使头发与柳条一样地不胜灵感，不胜胡思乱想，以及四季风雨，喜怒悲欢。寒冷与衣衫褴褛使青春年华屈辱莫名。游人瑟缩着零零散散，树叶不知道何方是归宿。李文采想了想是不是应该跳到波浪翻滚的湖水里去，那就更是彻头彻尾的叛变了。他在波涛的大浪边一坐坐了五个小时，直到公园管理人员将他驱逐。

他回到自己的单身汉双人宿舍，同舍人这天没有回来，他构思了一番，他写了一夜，一不做二不休，他虽然没有提名字，他在高级笔记本上写了一封给仉仉的信，他相信这封信的汹涌超过了大湖里的波浪，大浪没过了元代的石桥。他写得比歌德也比福楼拜还比泰戈尔好。

第二天一早，他去邮局挂号寄出了笔记本，给仉仉。回来，他到医务室，他的体温四十一摄氏度。

三天后，他又给仉仉发了一封长信，深责自己是一个叛徒。他连署名的勇气也在最后一分钟失去了。他画了一

114

只兔子。

开始露馅的无非是他购买的大量外国文学书籍。他在朗诵会上的突然晕趴也令领导好生奇怪。大家一致认为他是忘了本，他自己也坚信自己是忘了本。他的家乡再也不会出他这样的人，他的同事里再也没有这样的人，约翰·克利斯朵夫也不是他这样的人。总之，他每况愈下，他频频在组织生活会上被"帮助"。而到了后来大的政治运动闹起来，他犯了更大的病，更大的错误，更大的糊里巴涂。他接受了所有令人涕泪横流的帮助。他的检讨发言胜过了托尔斯泰的自省忏悔。

糊涂的是，他事后无法分辨是不是在"帮助会"上他交代过，说他卑鄙地想着要奸淫仇仇……太恐怖也太惊人。更惊人的是，他可能不可能，硬是检举了仇仇的间谍嫌疑。

那些年的许多事都忘记了……后来，后来，在好多个后来以后，他见人只知道背诵：

　　房间很深，两扇窗户又正对着一条夹在高楼之间的小巷子；这时房里便已经光线晦暗……

他受到了留党察看两年处分。他的家乡，他的组织，他的老革命经历与他的媳妇救了他。他的媳妇已经担任村里的妇女队长。李文采一摊糊涂糨糊，媳妇小葱拌豆腐，一清二白。媳妇在最困难的时期来到城市，不容分说地接管了对于李文采的路线掌管与命运决断，然后一切走上了正轨："出人，出（或不出）书，走正路。"

从外国文学的毒害一直发展到他的名字，见多识广的同事认为他改名文采是别有用心，是为四川的恶霸地主刘文彩翻案。改名的事是他检讨中自己交代的。但是他一直没有交代他把自己的文学创作本本寄给了仉仉。他为此心如煎熬。不是他不老实，而是他怕给仉仉找麻烦。

这完全不合逻辑，如果仉仉有什么麻烦，还用问吗？是他给仉仉找上的。而后来，他却想，他没有用自己的创作笔记本加害仉仉。这个逻辑就像是说他没有杀人，因为，他已杀过了。

政治运动也扑向了仉仉，文采看见了大字报对仉仉的讨伐。党委机关的各种层级会议与文件已经与他无缘，他担心仉仉的命运，他无处可以打听，他干着急。

媳妇做主，他写下了对仉仉的揭发，他认识到仉仉与他谈的关于外国文学的香气（原话是气味，揭露时他给改成了香气）的话，是为了腐蚀他，蜕变他，是代表帝国主义与国民党反动派来争夺他的。

对，媳妇帮助他想出了一个伟大的说法：仉仉客观上是来自西柏林黑窝子的间谍。

最后，他算是过了关，明确了他属于"人民内部矛盾"，他幸福得涕泪横流。

……

五十多年过去了，快一个甲子。他孪生龙凤胎一儿一女，都已经事业有成，生儿育女，收入颇丰。他媳妇"文革"结束以后也饱享了小康的人生之乐与儿孙绕膝天伦之乐，只是年前开始出现了间歇性脑软化，发展极快，一年后已经基本上进入迟钝状态。

李文采"文革"结束后到一个国有工厂当了一回党委副书记，光荣离休。他随女儿自费旅游去了趟维也纳，参观了当年两个阵营交换被俘间谍，并且常常进行外汇黑市与毒品交易的古德如甫咖啡馆，小小的咖啡馆在一区米西巷一号。然后是凯文登大街，那条街很宽大，卖最新款的银器与路易·威登箱包的专卖店吸引了许多游客。而巴宝莉专卖店的橱窗里悬挂着的西服，牛气冲天，每件衣服申明，版权所有，只做此一件。商品和男女游人，都散发出高级香料与特级防腐剂的气息。他在那里伫立了二十多分钟，想不清楚他这一生的经历到底是怎么回事。他觉得有点乱。莫非他又要犯晕眩病？他扶着墙，闭了会儿眼睛。

除了维也纳，他还去了在那里拍摄了莫扎特家乡萨尔茨堡与山城因斯布鲁克。敢情奥地利的湖泊比他的家乡还多。

只是在老同学的聚会上，他看到了当年外语学院同班同学中的科学院院士、博士生导师、驻外大使、公使、参赞、合资企业董事长、局长级干部，还有一位是政治新星的父亲。他略显黯然地说一句："我是一事无成两鬓白啊。"然后所有的同学都来说服他，让他认识到他是全中国最最幸福的一个。他苦笑着。在聚会结束的时候，他承认，其实他挺好，平安，健康，阖家团圆。离休老干部，上上下下，都冲着他"送温暖"。

这一年他已经七十九岁。刚离休的那年他天天坐着公交车去爬山，带着行军壶去山泉打长命仙水。后来改成了遛湖、喂鱼又喂鸥。后来改成小区散步，买包子。后来改成拄着藤杖挪动。

这个礼拜天刮起大风，但是天晴朗得爱死人，因为是深秋，或者更正确地说，是初冬，今天立冬。柳条刮得大把大把地横在了空中。杨树上的黄叶纷纷飘扬起舞。他悄然觉得，再没有几天树木就会变得光秃秃、瘦棱棱，一片茫然。

这天早晨欲醒未醒的时候，他梦中看到的是一张老式胶木唱片，放到微波炉里加热，怕过于干燥，他往微波炉里加了一调羹水。

全都放下了。在那次聚会上，老同学们最后说他笑得真诚、纯朴、沧桑。"人可以用一生，打造一个真诚、纯朴、沧桑的笑容。"同学们说他的此话可以进电视节目"名人名言"。他大笑起来，一直笑出了眼泪。

他决心在大风起兮云飞扬的时刻去大湖公园。他记得年轻时候曾经在初冬冒着大风去过大湖公园。他穿上了西式格子呢大衣，是唯一的那次奥地利之游时候购的境外之物。戴上本市卖烤白薯小贩常戴的灰蓝毛线软帽子，围上紫色鄂尔多斯羊绒围巾，拄上藤杖。他来到当年来过的湖边，张望着，想念着，冷却着，叹息着，更空洞地笑着。慢慢地，笑容使他感到了满足。

后来仉仉怎么样了呢？他竟然一无所知。与他关系不错的学院图书馆馆长张老师告诉他，仉仉自杀喽。另一名俄语助教告诉他，仉仉可能被送去"教养"了。直到"文革"结束，原来的党委书记弥留之际，在ICU急救病房，插着鼻饲橡皮管子的书记告诉他仉仉退学了。退学？当一个政治运动像疾风暴雨一样地扑过来的时候，谁能幸免？谁能无祸？谁能退学从而置身事外？他不信，书记说不出话了。

新的世纪，李文采又一次来到了湖边，一个强壮的汉子走到他身边，斜着眼盯视着他，他奇怪。然后过来了一组中外老小人员，显然不是普通人，他一眼看到了一位白发老妇人，她仍然窈窕风致，也仍然目光如炬，他从来没有见过这样强大的老妇的目光。她穿着一件藏蓝色羊绒高领上衣，蓝与绿格间杂着黄色细道道的毛料裙子。她目不转睛地看着李文采。李文采突然想起了自己的一生，都来过了，慢慢地去着。

她说："对不起，请原谅，您是李先生吗？"

她把本应轻声发音的"吗"字说得非常重，和惊叹"我的妈呀"时候的"妈"字一样。李文采知道，这样说话，是海外华人普通话，英语叫作"满大人"的。

他们互相问答了些什么，后来也就忘记了。他两眼发直，觉得世界上只剩下了两个人，聚在一起，相距十万八千里：

　　房间很深，两扇窗户又正对着一条夹在高楼

之间的小巷子，这时房里便已经光线晦暗……

她似乎回答："我一直保留着您的笔记本。"然后她说：

　　　　其实他听到的，只是他自己的心跳声。

然后他们共同说了一句："史托姆，《茵梦湖》。"

他们说话的声音很小，他是看着她的口型这样感觉到她的说话的。她应该也是。

他清楚地听到的是她说："我在胡苏姆，住了三十年……"

他说出了三个字："对不起。"

仇仇问："什么？"她为什么完全不解？

别的忘却了，都忘却了，他似乎读过一篇散文《忘却的魅力》，人好比一台电脑，它必须释放太多的信息，它每隔几年需要格式化那么一两回，要不死机。他勉勉强强上了一回网，查到了施笃姆、茵梦湖，当时的译者郭沫若、如今的译者杨武能教授，如今的史托姆译作施笃姆……胡苏姆是特奥多尔·施笃姆的故乡。

其后一年多的时间一事无成的李文采脑子里只剩下了

仇仇一个人。她飘然而来，她陡然而去，她寂然而息，她凝然而至。她唱着《勿忘我》，她应和着《茵梦湖》。她就是梦中的人头，她就是微波炉里打热了的唱片，她就是外国文学的该死与神奇。胡苏姆是史托姆的故乡。他虽然笨，但是知道。这一切根本不像是真的。但是他并没有这样大的想象力，有想象力的话，他早就飞黄腾达达达了。

"我达达的马蹄，是美丽的错误"，那是台湾背景郑愁予先生的著名诗句。

他经常自言自语，此次邂逅以后，孩子们不止一次听他念叨："当然没有，我从来没有说过，也没有非礼。"孩子吓坏了，不知道他得了什么病，怎样出现了吓人的呓语。

两年以后，他收到一封德语来信，是仇仇的女儿写来的，说她的妈妈病故了。根据妈妈的遗嘱，把一本笔记寄到中华人民共和国的一所外国语大学，希望李先生能收到这本笔记。另外还附了一本小册子，是妈妈写作的一本德语书。

他给仇仇的女儿回了信，想了解更多一些事。女儿只能提供：据她所知，妈妈是二十世纪五十年代末期从香港移民到英国，又在英国结识了德国汉学家汉斯教授，迁居德国来的。在女儿出生后，妈妈与汉斯离婚，此后没有再结婚。除了两年前她与妈妈在大湖公园见到李先生，还有此次妈妈病危时谈到要她把笔记本邮寄给李先生以外，妈妈没有谈到过李先生。

李文采纳闷，为什么她们在大风中游大湖其实是小湖有那样的规格气势，他相信那个盯着他看的壮汉是本地警卫人员。他想写封信去问，又觉不妥，便没有问。他想，可能是女儿和女婿有什么特殊身份，也许仍然是由于仉仉的父母，仉仉的父母究竟是什么天神天星呢？

撕开层层包裹，李文采看到了自己当年胡写八写的笔记与文学"创作"，他兴奋，觉得火烫，又觉得遥远可羞，甚至无聊。一位在出版界混了点模样的老同学劝他将之整理出版，并且论证这样的书请作协分会领导作序，弄好了可以卖五万册，他约莫可以获得十五万元报酬。他拒绝，朋友说服，再拒绝，再说服……终于被说服，而且收了一万元预付订金。

然后是治疗牙周炎，然后是媳妇辞世，悲痛欲绝。李文采说，媳妇是他命运里的贵人，媳妇使他逢凶化吉，遇难呈祥。谁能想到，人生就是这样，白驹过隙，不到时候，要多远有多远，到时候，要多快就多快。然后是春节直到元宵节，然后是慢阻肺。最后，他感慨万千地，却又是漠然无所谓地焚香沐浴，理发梳头，泡了一杯据说是真实可靠绝非赝品大红袍，呷了两口，李文采打开电脑，打开半个多世纪前的笔记本，想开始重拾他为之付出了不知多少代价的文学梦。二十的好梦八十圆，他自嘲说，他笑得傻帽而又无赖，沉稳而又满足。他发现了自己的幽默感，时至八十四岁，他毕竟开始产生了幽默感。如果多一点幽默与游戏精神，也许早就有一点文学成就了。他哼了一声。

……他发现，笔记本上原有字迹已经消失殆尽。天啊，人们常常在不可能再做的时候，才准备停当。

有的说是原来的保存人，即仉仉女士，花了很大力量，将笔记本放到少氧、无光照、恒温、恒湿的条件下，她是用日耳曼人的认真来保护这本笔记的……保存至今。寄到他这里以后，他没有着意保护，很快字迹就氧化淡出。

有的说，五十余年无人问津的文字稿，能留到今天已经千难万难了，您不立刻输入电子版复制保存，您还想干什么呢？

有人说此时无形胜有形，此时无字胜有文，此时仙逝胜坚持。正是他文采，写出了巨著大作，永垂不朽。

孩子则说，略略费点劲，其实能看见字。是爸爸的白内障与青光眼造成了当前困难，他应该立即做无创纳米磁石吸附手术，然后开始他的文学大业。他的小舅子则摇摇头，说姐姐才走，姐夫和一位外籍女人闹得这样不明不白……

据说李文采后来一个人悄悄地哭了一场。不一定是真的。他将订金一万元退还给了出版社倒是不假。他在二○一二年十一月十一号又由孩子帮助网购了一大批外国文学书，包括七大本《追忆似水年华》和《施笃姆小说精选》。后者的一篇小说题为《苹果熟了的时候》，李文采常常对书陷入沉思："'苹果熟了的时候'？这不是朝鲜影片的片名吗？它怎么成了施笃姆的名篇？"

他陷入这样的深思，一连几个月，却没有掀动笔记本纸页一次。他想着的是，怎么样去阅读仉仉的德语小册子，那可不像仉仉女儿的信样平顺简易。仉仉的书他独自完全读不懂。他不想找任何人帮忙翻译，翻译就是宰杀，他想起了当年上外国语课时听过的一句怪话。

又过了两年，长寿的他病瘫在床，不能说话。孩子们在他此生唯一的"文学创作"笔记本上看到了他复得后写下的一句话："其实挺好。"而这时再看他年轻时候写下的字，一个字也没有了。

他的字写在有作家名言的背景页上，名言说什么"不必要摆放悲哀的安琪儿"。悲哀的天使？儿女们眨一眨眼。

那时的油墨还不错，到现在插画呀、名言呀都能看清，但是墨水不好。"唉，俺们爹也有两下子，他一定经历了不少的事儿"。孩子总结说。

我愿意乘风登上蓝色的月亮

woyuanyi chengfeng dengshang lanse de yueliang

一

我愿意乘风登上蓝色的月亮，

回望地球上人类有多么匆忙。

也想化为歌声穿过青草树木，

与蝴蝶般盛开花朵共鸣感想。

而后化作满天云霞滴滴雨珠，

湿润孱弱的小苗干涸的土壤。

谁能想到却变成奔跑的野兔，

追赶你勇敢的猎人猎犬猎枪？

　　我不知道说什么好。前四句有点感觉，而后两句意味与情感已经接不上了，最后两句简直是狗尾续貂。但是我不能这样对她说。

　　她是这里新任的领导，地位排在副市长之二，好劲。我是历经艰辛终于担任了作协分会主席的报告文学写作人。文人相轻，同行冤家，当个破作协分会的主席，同行们与网民们恨不得生吃你的一百多斤。见了尻人压不住火，被反体制的时尚搅动起来的小哥儿们不敢反别的体制，不会去反他住家所在地的派出所与居委会，连文联都不敢反，可敢反作协与红十字会分会。主席了，我就算处级干部。在我们这种小地方，人们只承认行政级别。级别是硬通货，哪儿都能折算、兑换与经营。没有行政级别，您就是穷光蛋。她作为这里的政坛新星，则代表市领导来会见与招待我吃饭。

但是更重要的是，她是我的老相识。她自己说，可不是我说，她有今天，和我有很大关系。她一见面就说："老周，我应该感谢你。"这证明她是一个感恩图报的人。此话到此为止，赶紧咽下。我摇头摆手，意思是早已忘到九霄云外，何足挂齿。我必须识相，不要忘乎所以，从感激到厌恶，有时候只是三秒钟的事儿。

尤其可爱的是，她拿来了她的诗稿清样，第一篇是《我愿意乘风登上蓝色的月亮》，她的笔名是"蓝月"。天啊，怎么会是这样？蓝月亮，这明明是一种液态洗涤剂的品牌，经常在CCTV的广告里看到的。

是她太天真了？是我太低俗了？盛极必衰乃是天道。

我的对于蓝月的感觉已经被商品传播公益广告文体的装酸弄醋侵蚀调戏殆尽。公众已经读惯了这样的文体：

文明是蓝图也是分享，

保险是温暖也是希望，

美丽是责任也是贡献，

痰吐与谈吐同样恰当！

亲切、美好、故人情深之中，我有几分空茫的叹息。吁！

二

十五年了。她给我的第一个印象像个田径运动员，修长的臂与腿，面孔红里透黑，皮肤仍然细嫩光滑纯洁。脸圆，眼睛圆，手攥紧的时候拳头显得也是圆球样的劲道和蓬勃。也许与女子中长跑相比，她更应该投身女子轻量级拳击。

她穿着雪白的、带蓝色斑纹的蝙蝠衫，乳白的灯笼裤，一半是无拘束的青春，一半是山寨的怯土；一半是女权与女运动员的无畏——简直是高高在上，东方不败，一半是准"二儿"的怔忡愣磕；一半是白花花的大胆，她甚至让我想起农村的孝服丧服，一半是从远方刮过来的清风明澈。

那时她是后桑葚村的民办小学教师。民办小学，说明她得到的一切待遇都低于有正式编制的同工种人员。啊，编制，体制，你是多么丰饶美丽迷人！

高等学校本科毕业，应聘做了民校教师，莫非她有什么短处例如口吃，或者在校期间有所谓的不检点？要不就是得罪了哪位大佬？我心里闪过一丝阴影。

后桑葚村，从火车站还要坐三个多小时的环山公路汽车，经过山重重，水溅溅，路弯弯，屁股硌得生痛了才看到它的仙境模样。

它位于万花山脚下碧蓝溪河边，分流出来一道溪沟，从西北到东南，水波跳跃着歌唱着迅速地流淌。高低落差很大，除了结冰的季节，昼夜都有稀溜哗啦的声响。农民的房舍，修在水流两岸。全村都建筑在地无三尺平的坡地上，俯视过去，房顶们错落参差，谁跟谁也不在同一个平面上。奇异的是，明明一个百十来户的小村，却保留了自己厚实的土城墙，说不定这里曾经是古战场，离后桑葚村二十公里处有一块大平青石，传说是穆桂英的点将台。说这里是土墙吧，却有一个气势不凡的城门洞子，城门洞子内缘是此地少见的拱形磨砖对缝结构，钉着七七四十九个大铜钉的大门则早已不知去向何方。一进"城"，是高高搭起的戏台，"大跃进"中据说地方戏名伶——错了，应该叫著名表演艺术家筱铃铛，在这个戏台上唱过《红娘》。红娘是反封建的英雄，到了新中国，特别吃得开，就差报名"铁姑娘战斗队"了。从戏台上眺望全村，十五年前，依稀可以看到歌颂"三面红旗"的标语。此种字迹已经斑驳，更鲜艳的横幅则是"时间就是金钱，效率就是生命"……久违了，后桑葚的搏战与金鼓，还有几个朝代的悠远与安然。

后桑葚的一大特点是建筑材料用了大量石头。据说根据阴阳五行的传统文化，发达的地方石材只用于坟墓，是土木而不是石头才具有呼吸与渗透的活性，才适合为生活而居住。这儿偏僻穷困，就地取材，民屋也是石头垒墙，做得好的是漂亮大方的虎皮墙，做得差的则是七扭八歪的石头上糊上麦秸黄泥的厚墙，这种不规则的七扭八歪恰恰具有一种奇异的现代风格。

我到后桑葚村来的目的是逃脱我们市里的文人的明争暗斗。为了争个什么"代表"、"委员"当，满嘴高雅的"公知"、"公信"、"道义担当"与"批判精神"的写作人龇牙咧嘴，互相掐到那种程度，我只能远走高飞，暂避一时。我也相信想信，"心远地自偏"以后，将能"悠然见南山"，将至少维护片刻自我的心灵纯洁与自我救赎。

到后桑葚的第二天碰巧听到白巧儿老师给学生讲故事，《卖火柴的小女孩》，把安徒生请到了咱村，连同邻村前桑葚与山顶上的白仙姑庙村，三个自然村的孩子在听白巧儿讲：

> "她想给自己暖和一下……"人们说。谁也
> 不知道她曾经看到过多么美丽的东西，她曾经多
> 么幸福……

眼泪从没有洗干净的众小脸上流下。山村的孩子们惊呆了，那么遥远却又是那么亲近，那么梦幻却又那么真实。这里的亲近的真实是一个切肤的"穷"字。

听了白巧儿的故事二十分钟，她的声音我一连几年忘记不了，她的声音有一种内涵，有一种弹性、糯性，温柔却又劲道，小心翼翼却又杀伐决断。我觉得我在升腾，我在醉迷。这本身就是传说，就是童话。人生不过几十年，几十年中难得有几次醉迷的享受。我惊奇也赞叹，一个贫

134

穷的或者说刚刚开始脱离贫穷的山村怎么会出现了安徒生。流水叮叮淙淙，话语清清明明，故事凄凄美美，讲述热热冷冷，口音标准得像是出自北京的中央广播，那时候这儿还没电视。

如诗如梦，如舞如歌，如泣如诉，如全不可能的幻想。尤其是女教师的声音，它的温柔强大使我回想起母亲的手指、往事、童年、萤火虫，那人对人对虫讲客气的年代。一个朴素的小山沟，一道厚厚的老城墙，一个上圆下方的圈门，一个单纯健康、满脸阳光与献身的城市或乡村女孩子，她在这里讲了"白雪公主"，讲了"目连救母"，讲了"孔融让梨"，讲了"渔夫和金鱼的故事"，还有"六千里寻母"……这本身就是最美的传说。

"您……是满族，是旗人吧？"我问。

"您怎么知道？您怎么什么都知道？"

"您说话特别礼貌，和气，您的那个声调就透着吉祥……再说，您姓白……"

大喜。一下子拉近距离，一见如故。我们就这样相识，我们谈了两天。时间虽然短，我知道了她的许多事迹，她有一个不幸的童年，四岁时候她死去了母亲，后来继母与父亲对她不感兴趣。她濡染在阅读里，从书里得到了她渴望的爱。她从初中就住了学校。高中一年级时她的父亲自杀。她的父亲出过两本诗集，父亲对她讲过，其实他的诗好过李白、徐志摩、普希金、艾略特。他父亲回答记者采访的时候说，他四十岁以后准备学习瑞典语，他要自己翻译自己的诗，他五十岁时要获得世界文学大奖。大学时期，她交了一个男友，一次说到自己的父亲，她介绍了这些情况后男友说他父亲是白痴自大狂，她伤心地离开了他。她报名做山村民办小学教师，开始时只是为了逃脱她的深受伤害的初恋记忆。但是她确实爱上了山村、土城、孩子们。尤其是她喜欢这个村名，后桑葚。她从小爱吃桑葚，爱吃紫桑葚，更爱吃乳白色的桑葚。因为这个村名，她毫不犹豫、兴高采烈地选择了这里。她果然吃美了桑葚。

"我爱吃紫桑葚，更爱吃白桑葚"，她的这个说法让我马上想到巴金的《海行杂记》中的《繁星》一文，巴金年轻时写道："我爱月夜，但我也爱星天……"这篇散文曾经选入小学高年级的课文里。许多人却硬是不知道，每当我提到巴金的《繁星》，他们就纠正我说，是冰心的新诗。

爱吃桑葚的白巧儿一年给孩子们有时候也包括家长们，讲上百个中外知名的美好故事。山村的农家，于是知道哥本哈根的美人鱼雕像，知道《百喻经》中的《瞎子摸

136

象》，知道庄子讲的挥动巨斧、砍落鼻子头上抹着的白的垩土，知道类似的威廉·退尔，知道了灌园叟晚逢仙女，也知道了阿拉伯大臣的女儿谢赫拉萨德用连续的故事讲说克服了哈里发的凶恶杀机、挽救了众姐妹的生命。这不是奇迹吗？

……也知道了她的苦恼，村民们都关心她的终身大事，村民们担心，她在这个狭小的圈子内找不到合适的郎君，最后只能走掉了事。

"也有人说我是傻子，是弱智……"她小声说，她的话声中不无轻微的疑问。

傻和弱智还可能是由于她的临时住所，那不是房屋，而是看瓜护秋的农人的"窝棚"，是石头堆积起的一个大"馒头"，外表更像坟墓，里面她有一只皮箱，有半导体收音机，有录放机，还有她自己做的用厚粗布包起来的草垫子，"这就是我的床！"她二儿二儿地说。

在我离开山村的时候，白老师带着几个孩子相送。在我回头张望的刹那间，我看到了她的一个奇异的笑容，我确然觉得笑容中有无奈，甚至有凄苦，有被遗忘的荒凉。我不敢再想她的白衣服，没有办法，我们的古老文化不接受茫茫大白。我努力去相信这仅仅是我自己莫名其妙。

这个莫名其妙变成了我内心的动力压力，还有点隐私的酸楚。我要好好写一篇关于白巧儿这个民校老师的文字，我要让她摆脱凄苦与孤单，摆脱那失去了天良的弱智评论，我要让温暖的种子开放出好颜好状的蓬勃鲜花。

三

回到城市，我奋笔疾书，我写下了关于民校教师白巧儿的长篇报道《播种者姑娘》，写作中我数次落泪。我一连几夜梦中听到了她的非凡的声音，她的讲说比嗷嗷叫的千篇一律的朗诵好得多。我受到白巧儿的感动，更受到自己的感动，原来你写出了一个纯洁的好人的时候你自己也变得比没有写此篇作品的时候更加美好了，你提升一个你笔下的人物的精神境界的时候，恰恰是你自己的美好、善良、智慧的高扬与光耀。一个写作人，这时候有多么幸福！

没有想到这篇报道取得了大的反响，报纸收到了上百封读者来信，高层领导同志做了重要批示，教育行政部门与教育工会组织全国教育工作者阅读"学习"，我获得了报告文学年度奖与当年的好新闻奖，次年，省电视台播放了有后桑葚村与白巧儿的生活工作背景视频的我的作品朗诵。

有人还说是我的作品推动了后来民办小学教师待遇问题的解决，我谦虚，我还不敢这样宣布。

也是次年，我当选为作协分会副主席。

白巧儿来信说，不但她已经有了"编制"，而且我的报道使她收到了从帕米尔高原的边防、到深圳特区的商家巨擘发出的数十封愿意与她"交朋友"的附有英俊挺拔照片的火热的信。

两年半后，收到了白巧儿的婚礼请柬，她的丈夫是县人大副主任，请柬的双喜字与牡丹花图案显得俗气，但白巧儿手写的几个字纯真得出奇，她写道："您是我命运中的贵人"。"贵"字洇湿了，我相信她写到这里时落下了泪水。

恰逢组织与宣传部门约我谈话，谈我的工作安排问题，我参加不了她的婚礼，给她寄去一套海峡对岸出品的床具，我写道："是你帮助了我，你不仅在后桑葚播种了爱与文明，你也在我的命运中播撒下吉祥的甘露。一个好人、福星，带来的是一方好运，正像一个坏种、恶煞，带来的是一势乖戾冤仇。"届时我又拨通了她的电话，向她与她的那一半，说了许多美好热烈的祝福话，这里叫作"喜歌儿"的。

实话实说，文字生涯中遇到一个先进模范，是几辈子修来的机遇，它是社会之福，地域之福，报刊之福，宣传文艺教育部门与团体之福，本人之福，这是报道者即写作者几代人修来的福缘福分。以福祈福，以福造福，正能裂变，福福无穷！

又过了五年，白巧儿三十三岁，她调任县妇联主席。她来信说她很矛盾也很不安，她觉得自己的前景很看好，但是更加值得珍惜的东西是在后桑葚。她说她婚后就已经是常常往县里跑了，每年的寒假与暑假，她都不在，五一、十一、春节假期，她也多在县里。她觉得对不起孩子们。她常常在梦中回到她的学校。

我回信说，她已经在山村工作了十一年，再说，她已经结婚五年，早该与先生团圆，我还以老辈的亲切直言不讳地对她说，她该考虑下一代的事儿了。

她回信说，听了我的话，她好受得多。临别的时候，她给后桑葚小学买了上百本书。听到此话，我寄给他们小学三十多本书，其中两本是我写的。后桑葚村渐渐小有名气了，在省的新闻节目里，它每年都有几次报道，也上过央视"你幸福吗"的专题采访报道。

四

又过了十年，也就是二〇〇九年，白巧儿已经是省会城市分管文教工作的副市长了。当我毕恭毕敬地接受副市长的接见，并向她致敬致贺的时候，她哈哈大笑，她说："没多大意思，谁让俺是无知少女呢，稀里糊涂就上来了。"

"无知少女？"我大惑不解。

"您不知道？无党派、知识分子、少数民族、女人，提拔得快呗。"

"当然，能往上提我还有一个优点……"她做了一个干杯的手势。

她设宴给我接风，有老板鱼，有鸭舌鸭掌，有卤水什锦，有瑶台翡翠（是一种海鲜贝类的特殊制作）。她一再与我碰杯干杯，我几近天旋地转了。她的一套套的词儿也令我刮目相待："数字出干部，干部出数字"，"系统有核心、核心有系统"，"压力是动力、阻力是助力"，"接待出生产力、喝酒出公信力"，"背景最重要、德才作参考"，这大概是官经，还有商经："投资、回报、商机、预付、报价、长线、短线、牛市、崩盘、套牢、飘红、执行力、模式复制"……真能干呀！问题在于发掘：发掘，才能出人才乃至于出天才，如果十年以后她当了国家部长，比如教育部长、卫生部长、民政部长或者全国妇联副主席，那也丝毫不足为奇。希望在于下一代，我的眼睛湿润了。

她拿出了她独生子的照片给我看，我要全家福，我希望能见到她的老公，她心不在焉。

第二天我参加省城读书节活动，开幕式上举行了根据白市长（在我国，除了部队，对于副职人员的称呼一律免去"副"字，听着多么舒坦）的倡议编写的《我爱家乡的三十一个理由》一书发行仪式。白巧儿代表市政府两次讲话，她把讲故事的亲切与温柔，官员的正气与有板有眼，字正腔圆，诚恳随意，"旗人"同胞的谦恭与多礼，蒸蒸日上、前途看好干部的自信自如……都结合在一起。她不拿讲稿，不用套话，不带官腔，符合最高最新精神，顺流而上，入情入理，官听了官点头，民听了民喝彩，文人听了赞赏文采，老干听了首肯其观点，海归听了佩服她紧跟时代。已经许多年了，我没有在任何县市听到过这样精彩的即席发言。许多年来，连宣布开会，宣布请哪个领导或代表讲话，讲完话表示刚才的讲话很重要……一直到宣布请起立请坐下直到散会，都是死死地念千篇一律的稿子上的"主持词"。

但是，她的讲话声腔里有一种圆熟、练达、自信，于无意中流露了高高在上……已经不是那个有独特的音响效果的女孩儿了。

我相信，再不要听那些唱衰家乡与祖国的狗屁段子了，希望在于少年中国，希望在于青春，希望在于文化教育，希望在于白巧儿她们。无怪乎省里的朋友们念叨，说是她即将更上一层楼，可能要调到省里担任职务。再想想她四十多岁的黄金年华，我怎能不为之雀跃呢？

同时我感觉到了她正式讲话的调门与单独相处或者共同吃饭饮酒时候说话的调门确有不同。场合不同，关系不同，几套语码。官员并非每一分钟都是官员，这是能放能收吗？这里有几个白巧儿吗？她还是后桑葚的播种者姑娘吗？

她接待我的时候有市府的一位副秘书长、一位接待办的科长，还有一位省城作协的党组副书记经常陪同，他们的点头哈腰满脸堆笑的样子，让我有点别扭。事物都不是简单的，然而权力是需要敬畏与抬轿的。我不是愤青儿，我懂。

次日她给了我她的诗集清样《我愿意乘风登上蓝色的

月亮》，省人民出版社即将出版她的诗集，要我写个序。她什么时候成了诗人？我略感忐忑。

临分手时她送了我两盒茶干，两包大枣，两包香肠，还有两瓶本地出产、自称有三百年酿造历史的白酒。据说当年老一辈领导人夸奖过这个牌子的酒，可惜如今好酒如云，广告如花，信息如海，这个酒日益冷落，白副市长有"冠盖满京华，斯酒独憔悴"之不平。临别时风华正茂的女市长谆谆嘱咐我要写文章谈谈此地的酒，表现了她爱市如身的责任感。

此次会面，她既是故人情长，又是出于公心，既是谈笑风生，又是从心所欲不逾矩，如此得体，如此成熟，如此潇洒，俺知道绝非易事。女隔三日，刮目相待，人大十八变，越变越雄辩。历史搭上了高速列车，人人都在创造历史，创造自己。

要言不烦，她找了一个机会体己地告诉我，说我即将满六十岁，退下来后还有漫长的光阴，应该考虑考虑"后事"。她指出的路子是找省里的部门活动一下，争取明年换届时挂上一个市政协副主席，我就是副地师级干部了，一辈子都不一样了。说得我感激却又闹心不已。

临走时候我劝了她一句："还是少喝点更好些。"她感激地捏了一下我的手。

　　……次年元宵节刚过，我在本城请几位老同学吃羊肉泡馍。本来"羊肉泡"是个大众饭，小铺子里、摊档上都可以吃到，边说话边撕馍边舐嘴唇，很方便的。由于近年旅游大发展，土特小吃，成了旅游看点卖点，再贴上千百年地域文化源远流长的标签，到处夸张造势，牵强附会，换场地，添背景，编造故事，挂凡尔赛宫式的大吊灯，摆洋不洋土不土的餐具器皿，菜单也印得如结婚请柬，加上上菜时的巧为解说宣传，发放广告彩页……种种泡沫服务，一下子价格上升了好几倍，搞得变成了专宰外地游客的奢侈大餐，而本地人少有问津的吃食了。我是因为为老友庆生，也为自己又有新作获奖，才闹腾了这么一下的。

　　就在我们吃喝得喊叫得最最红火之时，从里面雅间里出来一组客人，高雅富足，踌躇意满地走过我的身边，"老周！"我听到了分外亲切的召唤。

　　无意中在本乡本土遇到贵客，其乐何如！省城的白市长与我那样亲热，也是个体面事情。我心潮高涨，乐情荡漾。五分钟后，有一束百合花与马蹄莲配六朵玫瑰送到我手里，四十分钟后，我去结账，被告知已由雅间贵客结讫。

　　感动我的是"漂亮"二字，对于白巧儿，除了漂亮，还是"漂亮"，就是"漂亮"，硬是"漂亮"。瞧瞧人家，两千多块钱的饭钱与两三百块钱的花束事小，瞧瞧人家是怎样办事的：那出手，那风姿，那利索，那飘然而来，杳然而去，无迹无踪的身影格调……漂亮得令你醉迷，漂亮得像童话，你连感谢的话都没有地方可说。而她的美意永在身边，她的荣光罩严了你。人家果然是当市长的命，与臭鱼烂虾神经兮兮的穷酸文人们大异其趣！

回想自己该写的都还没有动手，辜负了故知新星领导的信任提拔。我不敢怠慢，秉笔含泪，激越疾书，给本省的文学刊物写了饮省城酒的散文，把刊物寄给了白市长，未有回复，我也自知此文改变不了此品牌酒的预势。文学刊物发行量日益萎缩，我的一篇小文有什么用？无怪乎我们作协分会的党组书记调到劳动局当副局长，他跟摸彩摸到了大奖一样欣喜若狂，请我与所有的副主席与党组成员足撮了一顿。倒是酒厂来信要详细地址，说要给我送两箱子样品酒。我想，大概是市长小妹把拙文转给了他们。我没接茬。我不好意思。

我写了《我愿意乘风登上蓝色的月亮》的序，没有多谈她的诗，倒是回顾了在后桑葚村与"诗人"的相遇，我仍然强调她的播种的光辉。感慨系之。

没有回音。也没有见到此诗集的出版。也没有听到她再高升或者再调动的消息。自古讲"相府如潭，侯门似海"，相信她走在新的高阶起点上。

我识相一点，能当上地级作协分会主席就已经是祖坟冒青烟啦……不要去烦人了罢。

五

二〇一三年，我又被邀去省会参加读书节活动了。我已经六十大几，渐觉耳背眼花，说话重复，时而脑筋短路，说着说着会忘记了自己在说什么，而一些最最普及的名人人名，乔治·华盛顿、哥白尼、赫胥黎、伏尔泰……最近我多次卡壳忘记。我将此次的省城之行，视为自己的告别演出。

在省城当我问到白巧儿副市长的时候，接待的人互相看了一眼，说是"我们也不太清楚"，我的心咯噔了一家伙。

零零星星，蛛丝马迹。人们小心翼翼地透露给我说，白巧儿的老公，因为早早就患有严重的糖尿病，一直半休在家，两人的关系似不融洽。白巧儿到省城工作后，当然把老公也接了来，随后，老公的弟弟与弟媳也到了省城，到与他们哥哥相识的一家企业混生活。如此这般，年初小叔子与媳妇打起了离婚官司，为分割财产闹了个不亦乐乎。在法院，媳妇咬定，嫂子是大官，给了小叔子一套房产，还给了多少多少万元的现金，多少多少万元的股票，她全部要求按婚后财产收入归夫妇二人共有的原则分享。此事在网上曝出来了。

"真的吗？"我问，心乱了，如同吃了一只苍蝇，仍然不敢相信。"这怎么可能？怎么可能？不可能！不可能！"我的内心里山呼海啸，心、耳、思肉搏成了一团。

不，我并不是由于自己写了她，从而长了行市而为她事后的种种变故感到关切，三十年河东，三十年河西，小二十年后失足落水也算沧桑之一景。这也是报告文学，更是小说与诗歌的资源。我并不需要因为发生了某些尚无结论的说法而尴尬而晦气，我本来可以振振有词地说，当时有当时的情况，现在有现在的情况，写而不察未必会比用而不察更输理。但我还是觉得自己挨了窝心一脚，我当真要喊："天地不仁，以万物为刍狗！"我失去了成为著名作家与兹后青云连上的理由，我失去了为那样美丽陶醉得令人迷惑的感觉，我推动了山村、童话、土城上空的月亮。我的失落感当然不是为了自己的俗务。

"网上贴了四五天，小地方指名道姓地一传，早已就满城风雨。后来屏蔽了一回，一屏蔽，各种爆料就更多了。"

谁都是欲言又止，大致的说法是：她的老公原来在县里就是"能人"，有些积蓄，后来倒腾了一下，有所发达膨胀，现在难以确定其合法性或非法性，事出有因，查无实据，上边也未必顾得上查他，比他问题大的人多了去了。这是第一种说法，认为白巧儿基本上没有太多责任。

第二种，是说她老公与这里的商企权贵家庭关系很深，尤其是老公善于与二三等的准红二代、准富二代交往，帮这个批地，帮那个批指标，起到了最需要起而他人无法起的作用。老公、小叔子、小叔子媳妇，都以市长家属的名义揽过事受过礼要过回报，也都用各种办法让市长嫂子去通过关节办过事儿。她本来一个"无知少女"，权力有限，问题是市里的几个关键人物对她印象特好，她确实是一个讨人喜欢的女子。

第三种，顺着第二种说法发展下去，就传出了她与本市一位权势满满的大佬有染的佳话丑闻。有男有女有关系有趣味盎然，形势大好，春色满园，底下的话可想而知。

再分析一下，戏后有戏，说是表面上看是小叔子夫妻打离婚，其实是老公导演的一场情节戏情景戏，时至今日，在网上把白巧儿臭了个三魂出窍，六魂涅槃，小叔子夫妇并未离婚，据说此年情人节人们看到了小叔子给妻子送了二十九朵玫瑰。倒是把白市长逼上了绝路，老公算是秀了秀自己的道行，出了一口鸟气。也有人痛斥此种说法不合逻辑，两口子之间不管有啥问题，维护共同形象，必然是利益与智慧的交汇点。

而最最要命的事件发生了，当通俗的也是最易普及的严重杀伤性爆料甚嚣尘上之时，在春天万物的发情期，白巧儿上演了一回"自杀未遂"的陈旧拙笨戏码。她吃了一瓶安眠药。

浑蛋透顶啊，你怎么会是这样，你你你……

自杀未遂，此事确然发生，没有争议。属于新知识新概念领域的争论是：她的自杀是什么性质：畏罪？堕落、蜕化变质后的自责？网谣杀人？畏谣言与舆论如阮玲玉？背叛社会主义事业、为我们的体制与统战政策抹黑？还是完全无能力负责的忧郁症：它是用脑过度、精神紧张、体力劳累所引起的一种机体功能失调疾病。现在美国城市的忧郁症患者占城市人口的百分之四十以上。赵匡胤、林肯、罗斯福、丘吉尔、林彪、姬鹏飞、凡·高、海明威、徐迟、许立群、崔永元……都有忧郁症。何况白巧儿的家族病史上就有板上钉钉的忧郁铁案。再加上个区区白巧儿，又有何妨碍呢？

多数市民与本市干部都不能接受这最后的说法，人们说，西医本来就不适合中国国情，西人亡我之心不死，忧郁中华之心未死，奇谈怪论更是为了给不良男女打掩护。孔孟老庄都教导我们，君子坦荡荡，无欲则刚，至人无梦，游刃有余，善摄生者无死地；为人不做亏心事，半夜不怕鬼叫门；一瓶唑吡坦，已经不打自招了她的贪腐……

很遗憾，无法了解得再多，我难以释然的一点是，这里似乎有我造的孽。我的笔毁了她，高高抬起，突然跌下。当然她必须对自己负责，但是如果我不写那篇高调的报道呢？我惶惑了。我恨白巧儿，更恨我自己。天上地下，怎么会这样快？完全无法相信。我唯一能做的是，给省城朋友留下了我的手机号与地址，还留下了一张字条，托他们转交。我写道：

　　白巧儿同志你好：请与我联系，永远不会忘
　　记在后桑葚的日子，什么都不会太迟，美好在
　　昨天也在明天，重要的是今天的勇敢面对与跨

151

越……请接受我的惦念与祝福，保重，保重，再保重！

六

又一年多过去了，我得不到白巧儿任何消息。梦里，我见到了她，听到了她讲故事的独有的声音。而且，不好意思，我亲吻了她。她的泪水落到了我鼻尖上。我的泪水，落到了她额头上。

我痛心，我也期待。我惦记，我也顿足。我愤怒，我也撕心裂肺。我完全丧失了信息来源也就是完全无法做出判断，又不能死乞白赖地打问，对一个有问题的人你怎么这样钟情，你老糊涂了还是老变了态？

却对她仍然充满担忧，并且愿意为她祈祷上苍。

这是什么？一天半夜睡梦中我喊了起来。

鼠疫？霍乱？埃博拉？化武？冤孽？自取灭亡？

痛心疾首！

该死！

这怎么可能？

痛心疾首！

这是怎么发生的？

告诉我，我不信，我不明白，我不接受！

七

又一年过去了，二○一五年除夕晚上从我的手机微信的"朋友圈"中看到了几张彩图，是雪景，我蓦然心动，若有所惊。初冬的第一次大雪？

头一张照片是一条山里的公路，公路的一个侧面是白雪，另一个侧面是黑色柏油路的本色，一侧向阳雪薄，一侧背阴雪厚。公路拐着一个大弯，两端都通向远方。来处去处都还那么遥远。大路多雪的靠近河谷一侧安装了讲究的护栏，改革了，开放了，发展了。护栏下边的流水却没有冻结，似乎听得到一点水声。山脚下有蜿蜒而上的电线杆，几道电线像是空中五线谱。好熟悉的地方，好疏朗的空间！

另一张照片是白茫茫大地真干净，是雪的丘陵，是雪的海洋，是雪的波涛，是雪的原野。一片空无，千山鸟绝，万径人灭，无笠无翁，无人钓雪。是肃穆更是纯净，是归零更是无穷。天上有一轮奇怪的蓝月亮。我觉得我要扑向跪向这巨大的清静庄严，于无声处，略略神秘。我暗感恐惧，觉得大雪积堆来自天外，蓝色月光只可能是来自梦寐，也像梦寐一样催人泪下。有冬季的落尽了树叶的光净刺人的枝杈，是几株橡树，山区农民喜欢称之为玻璃树，松鼠最喜欢找玻璃树爬，摘集贮存橡子过冬。经过寒风冰雪的删节，它们的枝杈仍然密密麻麻，仍然潇洒、尖厉而且简洁。靠下面是一截断墙，凸凸凹凹，歪歪扭扭，戴着雪帽子，在雪地上留下了紧张庄严的黑影。

蹊跷，震慑，这不是真的，究竟是有还是没有这个微信照片呢？我掐了掐耳朵，又捏了一下涌泉穴。

三星手机为节约电力动辄灰屏，我更看不清楚，额角上沁出汗珠。拼上老眼昏花，渐渐看到了右上角的轻纱般的薄云，云边是明净的蓝色的月亮。这才想起，怎么月亮不是橙黄而是淡蓝？是果真有这般样的月色还是经过电脑的人为操作？信息时代的伤脑筋处是什么都能做得出来。你难分虚实，你难分固有与制作。我疑惑着。然后费了好大劲，把图片横过来，用拇指和食指不断扩大，一二三四，我瞎黢黢找出了丰厚的白雪中的一些黑点。天上的黑点应该是几只乌鸦。我感到了一点冷风，我听到了风声与乌鸦的哇、哇、哇，渐飞渐远。地上的黑点呢？多么洁白的雪原，也总会被玷污的吗？

啊，终于发现了，这又一张图片就是久违了的后桑葚村啊！我看到了老墙圈门上的厚雪，看到了戏台与茂密的新屋顶。是摄影还是绘画？白与白之间，有那么多对比，有远近、厚薄、明暗、疏密、温寒、繁荣与荒僻、往日与后来……

还有全新学校校舍，小小的却是方正棱角的操场。我似乎看到了校园里的旗杆与五星红旗，看到了安装不久的篮球架子。看到了当年的身影，我仿佛听到了白巧儿讲《卖火柴的小女孩》的余音绕梁。我想起了我的成名作：《播种者姑娘》，我想起她的没有来得及出版的诗集，标题是《我愿意乘风登上蓝色的月亮》。大雪，雪大，雪落无声。

尤其是，我在最后一张图片上的右角，发现了那个白巧儿当年住过的石头堆积起来的"窝棚"，像坟墓，像鸟巢，像加泰罗尼亚的天才建筑家高迪的纪念建筑，它下陷了，它几乎全部埋在大雪里。

我跳将起来，我赶快查微信的发主，署名是

"BZZGN"，什么是"BZZGN"呢？来信息者的电话号标明是"私人号码"。那么难道我的叫通别人的手机必然会显示的电话号，是公用号码么？这里也有英语词汇的影响，以"私"加密，无孔不入。

而BZZGN，莫非是"播种者姑娘"？

我幻想着，我期待着，我愿望着，我感动着，心跳着，我糊涂得要活要死。我赶紧点击"赞"与"评论"，出现了"拒收"字样，是隶书。这是什么型号的后乔布斯手机呢，我还从来不知道任何手机有向来信方显示拒收隶书字样的功能。中国的设计师，快快设计出有强大拒收功能的手机来吧，拒收救国，拒收救世，拒收救人！

播种者小姑娘，播种的人，糊涂人，不堪回首的人，那么容易失落的美好与青春啊，播撒良种的，抑或是病毒吞噬奄奄一息的姑娘啊，你在哪儿？

杏 语
xingyu

你觉得头年夏天缺少了雨。理论上，专家们说，这个城市每年七、八两个月的降雨量应该占全年的降水量的百分之七十九。这个比例不怎么合理，但人们很少讨论纠正的途径。人究竟能纠正什么，不能纠正什么，这也是你越走得长越想不清楚的问题。世界气候在变暖吗？河南从前是热带，所以简称豫，豫者，人牵象之地也，说明河南从前多大象。还有河姆渡文化遗址，证明当年浙江那边也是热带，到处都是热带雨林。那么多的热带后来不热了，谁知道变暖了变凉了为什么变为什么不变？

然后秋天雨星寥寥。然后整整一冬天不下雪，大雪已经与童年同时离去，童年时期每年冬季你都堆雪人。雪到哪儿去了？雪到了她前年到了的地方。要不就是躲一些年再回来，现在它很遥远，当遥远接近于无限，时间也就变成了圆周、圆球，复活着她他他她，纪念着许多小说、诗、悔过书、考卷、通知单，化成无言的天空，有时有雾，有时晴朗，晴朗得令人怀疑为什么有人造谣生事，煽动雾霾。干杯！

冬天干燥得令人失去了对于春天的信心，无雪雨的冬天之后的春天还能是春天吗？一冬不水的五个月过去以后，鸟儿还会飞回、青草还会发芽、花儿还会开放、小河还会流奔吗？一个大男人经受不住一个星期的干渴失饮，一块城市的先天不足后天又失调的土地，能经受小半年的干旱吗？

随便你悲观、乐观、片面、全面、善良、刁恶、鸡汤、粪汁、取缔或者提倡……怎么思想怎么浇灌怎么念藏经还是喜歌、唱衰还是唱帅，三下五除二，三月二十二日，全市的杏花都开了。三天以后，白玉兰挂上一树又一树，五天以后，紫玉兰昂首挺项，后来居上，如火如荼。干脆就如荼也没有什么不好，老了老了吧，荨麻疹干脆念寻麻疹而不是"前"麻疹了，叶公好龙干脆念页公而不念射公了，邹领导念平声揍而不念周了，大家来个如火如荼岂不更好？有时候将错就错，有时候歪打正着，有时候以退为进。老天爷的特点也是约定俗成，抓大放小，一风吹，向前看，人艰不拆，有容乃大，容天下难容之事喽。

到了这个年龄，你终于坚定了对于杏花的体认。春天始于杏花。杏花开放像泼成的一大片一大片的水，杏花如

160

湖如波如小小的泛滥。杏花开放使春天成了气候，使春天像忧郁与温柔一样地扩散。这是玉兰、迎春、刺梅、碧桃什么的做不到的。

所以你们早就喜欢杏花。你们移栽了不止一株杏花。你们当年总是在一起说，喀什噶尔的杏子比桃还大。与杏相比，桃太艳，梨太迟，海棠酸，樱桃太静，丁香也缺少规模优势。

时间有时候深文周纳，有时候网开八面，却又是按部就班。它们千篇一律，却又是毫厘不爽，该咋的咋的。雨水节气之后是惊蛰，惊蛰之后春分大大方方地来到了，她压根不为失雪、雾霾、在该冷的时候没有冷、在不该起尘土的时候扬起了土粉而不好意思。小渠与大渠里的流水仍然如银带闪闪。青草的繁盛仍然不减，虽然去年的枯草可能比往日更多，仍然压不住芳草的青翠年年、春色连连。不知道是不是由于大气污染，似乎今年的鸟儿也少了，你仍然在凌晨欲醒的时候听到了柔情活泼的鸟鸣，如果鸟儿没有来到树梢，至少是来到了你的心尖即梦的深处，啼啭得如此婉约生动，让你伤感得不好意思，世人不识余之戚，犹谓偷闲学少子！

十六岁的时候你可以给同桌的与非同桌的女生写信，

你每个春天给自己出一本诗集，内部发行，只限女友。哪怕你计划自杀或者卧轨或者思想过人体炸弹的疯狂辉煌也还是青春。三十岁时候你声称你在战斗中负过伤，而且在重伤后向敌人甩出了手榴弹。四十岁时候你开始谦虚，讨好上司而且见了女士就笑美如莲……如今已经成熟，你，您，还酸馒头个什么劲儿呢？

树枝上的玉兰高举如炬，树冠上的杏花纷披如纱，连翘的小黄花如随心点染，海棠比它们矜持一点，桃李也跃跃欲试。榆叶梅的鲜丽略有突兀。梦中的鸟鸣使你想起了往事，你错过了太多的花开，包括花谢。花谢大美，花开揪心。盛开不过是开始，谢落才是美丽的完成与升华。你还能有多少遭芳华凋落呢，你哭了。

我们的生活有时候科学得要命，就像有时候荒唐得要命一样。春天，花儿始放始凋，小雨初降再降的时候，清明来了。这是到坟墓上献花的季节，这是怀念先人与亲爱的季节，这是钟情与诚挚的日子，这是深沉与低下头默哀的日子。这是悔恨与惋惜，不再悔恨也不再惋惜，默哀得愈多，你的生活的滋味就愈厚。也许你有理由为你的泪水自豪。这是春天的多情多思静谧却又不安的日子。

你开起了车。你的好友开起了宝马760，五年过去了，他住了医院，他可能是得了重症，他脸上长了斑点，你到了病房不敢与他相认。他说活到老就是要学到老，要学会安静地勇敢地死亡。谈起死亡来，他甚至有一点兴奋，就像五年前他谈起了他购买的宝马车，原装，他声称：我本来就是一个俗人嘛。

疾病与大限使你的这位朋友超越了凡俗。你可能讲述过书写过不知多少次光阴、生命、春天、劝君惜取少年时，你永远赶不上他的此时深深的痛苦中的幽默。他终生敏感、吹嘘、浮躁、自恋，所以他是好样儿的。

在高速公路的第一个出口你被告知出早了一个口，你开出去，见了第一个左面的路口就拐回来，你再上了路，白白交了五块钱。下一个也就是你应该出去的那个路口为交费已经排起了长龙，他想起了在豫地开车的经验，从洛阳到开封的收费口上写道，如果为交费而排起的队超过了二百米的话，应该立即打开道路，免费放行。这几句话像是男子汉豪壮的诗篇。只是不知道实行了没有。

证实了的是你自己陷入了停滞的车龙，为什么到这时候才想起了一切：第一，今天是清明前的一个周日，天又好，这时通往四郊的公路当然拥堵。第二，这里是四条道，一公里以后并成农村的小路一独条，独挑，再两公里后并上一个狭窄的石桥，从石桥下来是连续的拐弯，都是一条独路，桥后的路还有三公里，即使这些路都跑完了，进了墓地也会你堵着我我堵着你。你的车还能怎么走？

墓园这里是一个帝王的景区，人民过去是不可以到这里来的，所以这里的路很窄，现在人民都要来了。人民一拥，道路难通。而且今天没有雾霾。今天有点风，有少量的沙有少量的土却没有雾霾，这已经是阿弥陀佛，妙哉善哉了。

现在的四道快车线，走哪条？这里也有概率论的原理与法则。命运学就是概率论，所以说数学是上帝的学识。命运是公正的，这是大数定理。你抛硬币，抛了一万次，四千九百次是字儿朝上，五千一百次是幂儿朝上，它们的公正率是百分之九十九。一亿次的抛掷，公正率则可能是百分之九十九，或者更高。你看着现在是四条车道，有时是最外的第四道慢，第四道的车主不安分了就往里撇，有时是三道二道显慢了，有时又是第一道一动不动。越是撇过来撇过去的车越是落到后面。而你已经老奸巨猾，老成持重，老马识途。你不会在堵车的当儿存在幻想羡慕他道老是折腾自己。你不费那个油那个劲儿那个细胞与心力手力，你知道放弃了幻想就不再痛苦不再愤青儿不再装腔作势乱打无定向横炮。也就不再怨天尤人，牢骚满腹憋出病长出什么来。你第一是苦笑，第二是苦笑，第三还是苦笑着。

　　堵成长龙后你睡着了至少一整分钟。你以为是一分或一加一一加二分钟，突然你从驾驶仪表上看到，已经过去了两个半小时。你不能明确你是不是，不，你应该明确，你不可能是连续睡了一百五十分钟。你的感觉是在遭堵而且随遇而安以后，整整两个七十五分钟了，你才明白发生了什么事情。堵车，一篇法国小说描写的是高速公路的开车者们利用这段时间进行了公关、商务、政务、集会、结社、推销、调情、求偶、拉皮条与贩毒、寻找杀手的活动，各项业务绩效斐然。有一男一女已经进入做爱的准备按摩，脉搏、血压、肾上腺激素的分泌都已达标，就差勇敢地进入了……突然，交通畅通，唰唰唰，每个人都忘记了堵塞中正在进行的诸端好事，一切烟消云散，开车走人。它的启示真如僧侣的沙事，一个月用沙建筑最美的城郭与宫殿，用扫帚在十秒钟内把美妙清光。

　　不像有这样的得趣。不像有堵车期间与美女做爱的机会，中华的发展程度当然与法兰西不同步。更不像有交通突然畅通的可能。

　　你享受的仍然是春天，你边堵边欣赏。堵到极处是欣然，你有几分得心应语。道路两旁是含烟摆拂的垂柳，是早杏如浪花四溢。那早春的新绿穿过污染泄露着春风春雨。那片片的繁花述说着季节的转瞬即逝。那毕竟没有被汽车尾气扫灭干净的鲜嫩气息艰难地赞美着花季的好景无常令人心碎。那愈行愈近了的青山并不干旱，它们仍然妩媚多情，它们好像在说"爱我吧，我是湿润的"。这天有点小风，天空多少显现了一些蓝的清洁。拥堵的车流跃然闹心，却也坚持着春季苏醒的兴奋与躁动。坐在正副驾驶位置上的青年男女隔着车窗玻璃仍然显示了韶光正好。人们春天的出行是为了对逝者的怀念，但也可能还是有人为了春游，为了与沉闷的冬天告别。是为了凭吊也为了赏心，生者与逝者将在清明前后相会，将在相会中饱尝生命的痛惜与大悲的奇妙。他们在怀念当中尽情抚摸，他们的哀恸当中渗透着刻骨铭心的珍惜。百感交集中你不忘强调节气是阴历与阳历的结合，清明是终极与此岸的际会。

半仰着头颅看着路边林带形成的拱形绿色凯旋门，众多的凯旋门连接重合起来成为长的洞穴。一切都深不见底远不及端。原来被堵塞也是一种欣赏，城市风光只有在堵车的时候才被留意也被微笑，美丽的郊区，绿色的穴顶通道，疾走与被困，这就是我们。

166

从早晨九点钟奋斗到下午三点钟，他驾车行走了百多米。至少有几十年了，他没有这样充裕地耐心地感受春天。他本来十分明白，知道这个季节的周末不可以驾车走向北部山区。他突然忘记了这一切被卷入车流应该是天意。他怀念着这一生的数十个春天，多数是与她在一起。幸福的人从来不接受伤害，与她一道他不怕水深火热，俄罗斯的"二战"歌曲唱的是"火里不会燃烧，水里也不会下沉"。回想一切他感觉到的是坎坷的幸福与甜蜜。

　　他终于醒悟，今天不必再坚持下去了。等待使你空前地清醒，穷则变，变则通，通则久，其实也不会太久。你根本不应该这时来到这个地方，你本来不应该是空着手，你本来不应该当日就到达墓园。或者说，你本来就应该是明天再到达墓园，你虽然有自己的日程，你自幼有安排日程的习惯。世上还有另一种日程，例如与她的日程，你欲安排也安排不了。你早早地开始了你的扫墓之旅。从糊涂开始向明白过渡。现在你应该掉头打道回到你们共同的别居，你应该大量地准备好盛开着杏花的枝条，你可以明天凌晨五时前起床，再用你有的剪枝剪子剪下杏的花枝，用微波炉打热一碗粥出发。剪子是你们一起买的，微波是你们一起建构起来的，粥的结构与你们当初一样。你要保证在晨六时前到达墓园，你要独自与她说话，这次就说说别居的杏树。那株大白杏结果进入了盛期，不但量大个儿大甜美，而且芬芳得令人沉醉。那株连续五年没有开花以致你们两人曾议论杏树分不分雄雌与这株树是不是得了不育症，今年粉红色花盛开，此树正在雄起。你可以与她共同回想你们植杏树与樱桃的情景。一起种树是人生的多么大的幸福。要保证七时十五分前告别墓园，在其他车辆涌来以前。凌晨而去，清晨而归，拥堵于我何有哉？

然后回到别居的时候约好或者是忘记了约没有约过的客人已经来到，他们耐心地平和地蹲在你的防盗门前。客人还带来了两位你所不识的客人，你们一起在社区的小小会所里吃了烤羊腿宫保鸡丁干烧鱼，你们喝了不少酒。喝到了你根本忘记了客人是怎样走掉的与你是怎样睡着的。

你梦到了许多花枝，似杏非杏，似花非花，似有雨有语非语非声。醒来时天已相当亮，你激动得发起了抖，原来一夜春雨，淅淅沥沥。大地因水渍而闪光。太阳从云层中飘然走出。清明时节的早晨是多么明亮，它彻底告别了郁闷与污浊的冬天。但是你耽误了杏花也耽误了出祭的时间表。莫非真的老了，你如今做任何事都缺少缜密与预见性、提前量、合理化、优选法。你本不是这样的人。

这时吓坏了你，你在自己的会客厅里看到了堆存在沙发桌上的杏花枝杈，它们灿烂光明地进入了你的家。早春杏花在你家中爆炸了，横七竖八，鲜活挺棱。你隔着玻璃窗向后花园望出去，你看到了杏树边支放着的铝合金人字梯。你起来，往外走，你发现了你的房门只锁了一道，没有锁第二道。

这是什么？是奇迹？是梦游？是醉趣？是你的你托了梦？是午夜你开开房门进入了花园？你还搬动了铝合金梯子？你从抽屉里找到了剪枝剪子，有条不紊地完成了为亲爱的逝者准备杏花的任务。这是危险的游戏，你可能绊倒在门前，你可能坠落到梯子下面，你可能被树枝扎到眼睛，你更可能四脚八叉到雨与泥里。你没有摔倒。然而，你一点也不记得了。你的心怦怦跳了起来。记忆与逻辑的失落使得人生、春天、杏树与墓园为之颤抖。没有了记忆与逻辑，你摸到了赤裸裸的生命、自我、思念、甜甜的苦。你面对的是生与死的交流，是醒与睡的共享，是不可能与或可能的神秘。当然，那就是她，她帮助你，她指引你的生活中发生了这午夜清明的杏花雨。

你摸了一下自己的头发，你大叫起来，有雨湿水迹，可怜的、可贵的、星星点点的雨。

我的人！你疯了，你疯狂地原地打转。我的杏！你摇着头大哭。

是冥冥中的怀念向草坪与杏园述说了自己的心思。是她与衪帮助你准备好了春天的花枝。小楼一夜听春雨，墓地明朝献杏花。杏花，春雨，墓园。你跪下了，你热泪如注。

早起三光，晚起三荒。你早早超越了交通堵塞。你到了你的你的墓前，你摆放供献了春光灿烂的杏花，杏花使坟墓生机勃勃，比什么花束花篮花盆都更单纯也更个性。杏枝饱含了你们俩的太多的快乐太多的话语。杏花使你们回到了青年时代。一切不但如昨日更如今日。你更觉得清明的天意与生机，墓园的永久与甜蜜，杏花的亲切与随和，在北方，杏花带来了她我你，激扬了春光春意。还有怀念的安详与辽阔。还有今晨花枝的永无查证的来历。你告诉说："咱们的杏树。"你张开两臂，摆了一个当年她喜欢摆的新疆舞蹈的姿势。你在当天的拥堵形成以前，顺利地走了。带回去的，除了悲与伤的回忆，除了生与死的慨叹，还有充满杏花的春之语。你相信这一切杏语，大快乐，大悲悯，大欢喜，全无痕迹也全无道理。

我要告诉你奇葩们的故事

去年国庆节假期的一个大风天，从东南门去到与我的青年时代密切相关联的颐和园。六十二年前，当我动笔《青春万岁》的时候，十九岁的小王蒙就那么钟情于颐和园了，那时候还没有见过黄河长江，泰山昆仑，更不要说大西洋与阿尔卑斯山了。

东南门进去就是十七孔桥。看着波涛汹涌，石桥山丘，长廊庭院，漫天落叶，回首往事，若有所思。因为我刚刚接到了一个老友的电话，两三年我们通一次电话，电话的时机与电话里讲的内容完全无厘头。我们都老了。"我们都老了"几个字让我十分感动。这句话最早打动我是看曹禺的话剧《雷雨》，侍萍辨认出她女儿打工的这一家的主人竟是周朴园的时候，她这样说。

一回来写了短篇小说《仉仉》，把大风中的十七孔桥与老友的电话联结起来了。生活中的ABCD，本来是无厘头无关联的，但是某种情绪弥漫开来，就出现了小说的冲动，而且是深深的感动。小说家有时候像魔术师一样，从空中抓来了一只鸟，两副扑克牌，然后从大衣下面端出一玻璃缸金鱼。

于是捕捉土洋男女、城乡老少、高低贵贱的林林总总。弃我去者，昨日沧桑不可留，慰我心者，今日故事何烦忧，长风万里送秋叶，对此可以讲春秋！从抗日的儿童团红缨枪，一直讲到了德国的胡苏姆与奥地利的咖啡馆。你能不享受吗？

意犹未尽，写了另一个短篇小说《我愿意乘风登上蓝色的月亮》，这个故事已经贮存了三年，这个故事与史托姆著、郭沫若译的《茵梦湖》没有一毛钱的关系。但是《仇仇》扯出了《茵梦湖》与《勿忘我》，她们又生出了新的当下罗曼斯。

紧紧接着的第二篇小说感慨了入山出山、清浊沧桑、萍水相逢、永远惦记。却原来，小说是惦记也是祝福，是叹息也是顿足，是不能说，不好说，想说，干脆不想说的那么多，那么多。多情最是小说笔，枉为人间泪千行！

进入新年，说的是二〇一五，一发而不可收，再写了近五万字的中篇小说《奇葩奇葩处处哀》，抒写了一个男子，尤其是与之有缘的六个奇女子。

如果说写前两个短篇时候我时而还沉浸在虚实相间、感觉印象、文字跳舞的《闷与狂》式微妙里，那么新中篇我一下子开放给了俗世。我早就积累了这方面素材：老年丧偶，好心人关心介绍，谈情论友，谈婚论嫁，形形色色，可叹可爱可哭。久久不想写，是因为太容易写成家长里短肥皂剧。俺不是那种写手也！

一旦敲键，就一点也不肥皂了。素材一开始，不无喜剧因素，颇有奇异的幽默感。这把年纪，已经可以叫作"落在时代后边"了，尤其落在当今女性的心思后边。本来无门径，书写便相知！一旦敲响了电脑键盘，一些荒谬，一些世俗，一些呆痴，一些缘木求鱼南辕北辙直至匪夷所思，一些俗意盎然的情节，随着小说的材文学的手悲悯的心，立马不再仅仅是泡沫，不再仅仅是卑微，不再仅仅是奇闻八卦家长里短，而是无限的人生命运的叹息，无数的悲欢离合的撩拨，无数的失望与希望的变奏，无数的自有其理的常态与变态，温馨与寂寞，手段与挣扎，尤其是女性彩图，以及青中老的过渡，生老病死的忧伤，爱情的缤纷色彩与一往情深，还有永远的善良万岁。我且写且加深，触动了空间、时间、性别三元素的纠结激荡，旋转开了个人、历史、命运的万花筒。

何况还有正在飞速地变化着、瓦解着、形成着、晒晾着与寻觅着的众生风景，载汝以形，苦汝以生，激荡与凝结汝以老，总结升华完成敬礼汝以死。能不拍案惊奇，太息掩涕？

俗人亦有雅念。搞笑不无哀怨。吃惊更生难舍。敲键奏响新曲。为奇葩立传，为男女尤其是女一恸，为生民抒情怀，写尽人生百态，其乐何如！长着一双俗眼，看到的只能是鸡毛蒜皮、洋相丑态。其实，没等着你发歪判决，你已经受到人家的审判。你的眼光清明了些，你注意了茅屋土炕、人间烟火、爱憎情仇、悲欢离合。进一步，你描述了生活的高高低低、坑坑洼洼、苦苦甜甜。再攀缘一番，发现了你我他她，主要是她们的不同凡响、风情万种、灵秀千般、心曲可通、伎俩可恕。你透露了天机，勾画了世态，靠拢了透彻与包容，学会了宽恕与理解，展示了新鲜与发见。你充满了大觉悟与大悲悯。

两个短篇，一个中篇，耄耋之年同时写就，二〇一五年春天同时发表。三篇小说新作，三个男人与他们目光中八个罕见的奇葩女子。这究竟是耄耋还是"冒泡儿"呢？吟道："皓首穷经经更明，青春作赋赋犹浓。"还有"忧患春秋心浩渺，情思未减少年时！"春天，赶得恁巧，三篇新作同时在京沪三个刊物都是第四期上与读者见面，俺年富力强时也没这样的记录哨！能不于心戚戚？于意洋洋？于文哒哒？于思邈邈?

如今，这几篇作品与去年发表的短篇小说《杏语》，由四川文艺出版社结集出版单行本。《杏语》写的是杏花，是初春，是清明，是飒飒的小雨、雾霾，是墓地，是天与人，生与死，是梦游与祭奠。而且，《杏语》写作于《闷与狂》激情书写之中，它是《闷与狂》的突然转弯与小憩，是长篇大潮中冲起的另一个小小石子，是一朵水花，是又一个混合着喜悦与伤痛的诗的春天。王某何幸，心有戚戚焉，然后是乃有新作焉。我还得感谢，就是在去年清明期间，女儿给我讲了她的一个梦游故事。尚能梦游的小说有福了。

感谢编者与读者，感谢你们！